一座城的共富密码

樊卓婧 著

宁波出版社

图书在版编目(CIP)数据

一座城的共富密码 / 樊卓婧著 . -- 宁波：宁波出版社,2023.12
 ISBN 978-7-5526-5145-4

Ⅰ.①一… Ⅱ.①樊… Ⅲ.①报告文学－中国－当代 Ⅳ.①I25

中国国家版本馆 CIP 数据核字（2023）第 192226 号

一座城的共富密码

YIZUOCHENG DE GONGFU MIMA ｜ 宁波日报报业集团都市报系　出品

樊卓婧　著

责任编辑	邬力久
责任校对	刘思雨
装帧设计	金字斋
出版发行	宁波出版社
地址邮编	宁波市甬江大道 1 号宁波书城 8 号楼 6 楼　315040
印　　刷	宁波白云印刷有限公司
印　　张	14.5
开　　本	787 毫米 ×1092 毫米　1/16
字　　数	200 千字
版　　次	2023 年 12 月第 1 版
印　　次	2023 年 12 月第 1 次印刷
标准书号	ISBN 978-7-5526-5145-4
定　　价	68.00 元

本书若有倒装缺页影响阅读，请与出版社联系调换，联系电话 0574-88395156

前　言

为了完成这部关于共同富裕宁波方案的报告文学,我采访了很多人。

每采访完一个人,我都会问他一个问题:"你理解的共同富裕是什么?"

坦率地说,设计这样一个问题,是因为心里没底。虽然之前查阅了很多关于共同富裕的报道和报告、观点和专栏,各种专家分析、典型案例,知道宁波作为中国城乡居民收入最高、收入差距最小的城市之一,在探索解决发展不平衡、不充分问题方面做了很多积极的探索,在高质量发展、城乡区域协调、收入分配制度、公共服务、生态文明、文化建设、社会治理等领域的很多方面都做到了全省第一、全国领先,可我一直拿不准:到底什么样的故事才最有代表性?才可以既系统全面,又生动贴切地让人们"在宁波,读懂共同富裕"?

面对关于共同富裕的问题,多数采访对象会迟疑一下,表示"这个问题太宏大了""这个我肯定说不全面",或者开玩笑道"就是大家都有钱"。

在习近平总书记2020年3月调研过的北仑区大碶街道灵峰工业社区,一位产业工人很自豪地和我分享了他的收入:"每月到手一万三。"他很自然地接了一句,"共同富裕了嘛。"

我愣了一下。他是唯一一个我还没问就主动提到的。

这其实不算一次正式的采访,我本来采访的是二十大基层代表、灵峰工业社区书记史孟艳。在她赴京之前,我花了三天时间了解她的日常工作。我跟着她进车间了解数字化改造和专精特新的申报,去企业协助解决工业垃圾乱堆放的问题,去相关部门对接青年公寓,找电力部门商量企业降碳改造方案……最后一天晚上是园区产业工人相亲会,社区联系了不少园区外北仑企事业单位的本地姑娘来。我看一个小伙跑上跑下特积极,就随口问他:"想找个什么样的姑娘?"

他笑了,"找啥呀,我娃都两个了,刚从老家接来。"他很开心地指给我看不远处两个跳来跳去的孩子,"我就是盯着我们车间那几个'单身狗'来,他们的终身大事我得管。"

我问他,"你这么年轻管多少人?"他说他是1993年的,也不算年轻了,就是出来得早。小时候父母出去打工,他没人管,成绩不好,老被父母骂,说不好好念书以后就是穷光蛋,他一气之下就跑出来打工了。一开始他各个城市转,没攒下什么钱,2015年到灵峰,看看工资还稳定,就留了下来。园区有针对技术工人的免费培训,他就去学,学着学着就升职了,七年升了四次,来的时候四千多,现在涨到一万三,管着车间200来号人。孩子也接过来了,下一步准备在这里买房子了,反正他考了好几张证书,买房还有人才落户补贴。

"共同富裕了嘛,没有穷光蛋了,只要肯学肯干。"

他自然而笃定地说出这句话时,眼里是泛着光的。

后来我和史孟艳又聊了很久,她说她理解的共同富裕,不是一个产业工人一个月收入一万三,而是随便拉来一个人,他说起自己的现状和未来时语气中的那份笃定。

史孟艳也是在车间长大的,父母也当过工人。上一代人勤奋、拼命,闲不下来,偶尔的休息都带着焦虑。因为上有老下有小,因为干一天活才有一天的收入,也因为要存钱以备疾病、事故等各种不测。有时候,这种焦虑也会传递给下一代，让他们觉得读不好书就没有出路，走错一步就会失去未来。而共同富裕就应该是人人心里的那份笃定，相信社会总体向好，相信企业正健康发展，相信自己的付出总有回报，相信医疗、教育、住房、养老都有保障，相信哪怕真遇到什么过不了的事也有政府兜底……

最重要的是，相信机会足够多，因为蛋糕足够大。哪怕每个人成长的道路千差万别，实现个人发展的途径也有千万条，人人都能找到属于自己的那一条，抵达幸福彼岸。

努力建设好工业社区这个共同富裕基本单元，服务好园区里的民营企业、中小企业主和产业工人，也是为了更多的人心中的那份笃定。就像国研经济研究院东海分院名誉院长郑永年分析的那样：一方面，民营经济是技术创新与技术进步的重要来源，也是参与全球产业链竞争的重要力量；另一方面，民营经济，尤其是广大中小企业提供了大部分的社会就业岗位，是实现收入公平分配最主要的力量，有助于改善产业结构，塑造中间大、两头小的橄榄形社会结构，最终实现共同富裕。郑永年说要做大"中产"，中等收入群体是财富的主要载体，是消费的主力军，消费社会的形成有赖于中等收入群体的不断壮大，也是实现社会稳定和可持续发展的关键。服务好这些企业，让每一个人多一点奔头，少一点后顾之忧，就是尽可能地"扩中"。当每一个产业工人都能通过勤奋工作成为"中产"，实现价值，更多的普通人就会笃定地相信，脚下这条高质量发展之路正通向看得见的幸福彼岸。

说到底，共同富裕以推动人的能力提升和全面发展为方向，为人的发展创造更广阔的社会空间。

推进共同富裕，既要在奋斗中创，又要合理地分，但最重要的是，要在高质量发展中，让所有人能公平地获得机会，学习做好蛋糕的本领，并且在做蛋糕的过程中，从公共服务到要素配置，都能被平等对待。

这部关于共同富裕的报告文学作品因而也围绕着一群普通人的故事

展开，主要记录在那些我们最关注、最有切身体会、最能产生共鸣的领域，在世界疫情和百年变局交织、国际格局深刻演变的背景之下，他们被时代影响的方方面面，他们艰难而坚定的每一步。他们就是我们身边的大多数。前路未必坦荡，但那些深深浅浅的脚印连在一起，会让我们清晰地看到未来的方向。

目 录

第一章　向海而生　/001

第二章　年轻的村庄　/049

第三章　当你老了　/101

第四章　一座城的气质　/141

第五章　稳稳的幸福　/183

第一章

向海而生

向海而生的人,总有力量冲破樊笼,融入世界,在开放的最前沿,推动沧桑巨变。

第一章 向海而生

风从海上来,这座城的开篇,就和开放有关。

那些故事,随着余姚江、奉化江、甬江交汇在三江口。一艘船从远方驶来,经过一个个古老的渡口;一个人在岸边走着,脚下的土地还有千年港埠的余温。

一个叫作"三江送别"的雕塑会让人停下脚步,眺望对岸的老外滩,想到这里是中国较早开埠的城市,想到在天南海北闯荡的"宁波帮",想到乡愁和远航、梦想和开放。

这里就是宁波开放的源头。公元821年,桃李芳菲的春天,明州刺史韩察将明州州治从偏僻的小溪移至这个商贸船舶往返不息的远东海港,并筑子城。

风雨飘摇的中晚唐,这件在史籍中记载寥寥的"小事",像一只蝴蝶在那年的明州轻拍了一下翅膀。忙于宴乐击鞠的年轻皇帝李恒漫不经心地准奏时,一定不会想到,天下港城,由此发端。

三江之水,河海相连,从此明州站在了浙东大运河南端出海口和海上丝绸之路东方始发港的交汇处,跨越浩瀚汪洋,将中国与世界相连。

当三江口桅杆林立千舟往来时,后来的宁波舟山港还是海边的一片荒芜之地,直到北宋庆历七年(1047),鄞县知县王安石新官上任,考察水利,看到"蜿蜒水沟穿芦丛,茫茫海滩涉潮涌,天怒水狂生灵忧"的苍凉,便下决心"嘱民浚渠筑堤垄"。

在他的带领下,当地百姓筑海塘,建穿山碶。横亘十里的"王公塘",拉开了当地农业的帷幕。之后一代代人,胼手胝足,辛勤劳作,修塘、筑碶,内蓄淡水,外拒海潮。沼泽变成良田,山溪汇集成河,舟楫往来,带动百业兴旺。曾经的荒蛮之地,渐渐成为人烟聚凑、商贾云集之处。

贫瘠的土地很少慷慨给予,但不屈的人们总能在荒芜中争取丝丝生机。

春风又绿江南岸,沧海真的变成了桑田,又成为这个古老国度向世界开放的一个窗口。1978年,一个小小的河埠码头打下了第一根桩,四十多年后这里已是世界第一大港。

来自全球的货物在此交会,又奔向各自的远方。

因海而建、因港而兴的宁波,逐渐成为出口导向的外向型工业大市。"外贸"与"制造"也成为这座城的两张金名片。

宁波近代工业的起源也在三江口,"三江送别"雕塑以北,如今的宁波书城就是当年太丰面粉厂的遗址,再走几步,宁波首个三化九场景落地的未来社区和丰社区内,宁波现存最早的厂房和丰纱厂已经矗立了百余年,"和丰纱厂锭子响,太丰面粉灰烬扬"的童谣里,宁波人把生意做到了上海、香港乃至全世界。

这些市中心的大厂名震一时,海边山岙,偏僻乡村,一些小厂也在星星点点地萌芽。

北仑大碶,就是2020年3月习近平总书记考察浙江疫情防控和复工复产时调研过的模具企业所在地。20世纪30年代末,当地乡土教材中就有一篇《参观大碶头权衡造尺厂记》,写的是1936年作者参观这里的企业的情形。文中厂长介绍:"本厂的资本是不多的,不过短本每年却需四五千元。股东大都是本地人。"还列举了附近其他厂的一些情况。

这篇高小课文后面给学生留了两个问题:我们的工业发达吗?我们有

哪些地方适宜开设小规模的工厂?

编者一定希望,那些十来岁的小学生能了解自己的家乡,学会独立思考,寻找"实业兴邦"的办法。

能答好这些问题的孩子,又会有怎样的视野和心胸呢?

也许从那时起,这座城市就开始逐渐被打上实业的烙印。

之后,经历战乱、动荡,终于迎来改革开放的和煦春风,新时代的波澜壮阔,蓬勃发展的制造业与自然条件极为优越的港口资源相结合,让宁波开放型经济异军突起,迅速走在全省乃至全国前列。

几经起起落落,海边的人,开放而务实,慷慨而温暖,大气而细腻。

他们脊背直,胸襟大,目光远,脚踏实地,情深义重。无论世事如何动荡,他们都是最沉稳的底色。

风浪来时,不回避,也不惧怕,而是直面,在倒逼与激发中,创造性地求解。

潮起潮落,皆是寻常。

层峦叠嶂,不过一步步地去穿。

三江汇聚,百川入海,大海连通世界,这里发生着的一切,正悄然影响着世界的方方面面。

◎ 一切制造的源头

在很长一段时间内,我们对于"发达国家"的认识,对于更好生活的想象,是从一些享誉世界的国际品牌开始的 —— 西门子、博世、宝马、飞利浦……那时很多人还不知道,这些进口货生产链的源头在中国,甚至就在我们身边。

2020年3月，疫情防控、复工复产关键之时，总书记来浙江调研，去了北仑大碶的灵峰工业社区，走进了一家叫臻至的企业。

这是一家做模具的企业，北仑是著名的"中国压铸模具产业基地"，全国压铸模具有六成出自这里，再延伸到世界的角角落落，进入各种人们耳熟能详的品牌。

模具是"制造业之母"，是所有产品零部件的源头，而大碶是北仑模具的源头。

1966年，因为毛主席《五·七指示》中的一句话，"在有条件的时候也要由集体办些小工厂"，大碶办了农机厂，这就是北仑模具的起源。她远远早于温州的皮鞋、乐清的电器、义乌的小商品……早于浙江任何块状经济的雏形。只是过去很长一段时间内，在浙江制造业版图上逐渐形成的块状明显、色彩斑斓的"经济马赛克"中，她一直是最不起眼的一块。毕竟，作为"制造业之母"，她不会像那些和日常生活息息相关的商品们那样登堂入室嵌入流水一般的日子；作为生产链最上游却最少受人关注的一环，她从无喧宾夺主的野心，就像一代代模具人一样，低调、实在、不图虚名，甘为人梯。

臻至的总经理张群峰就是这样的人。

臻至的前身叫"群峰模具厂"，创办于20世纪的最后一年，那时候很多小老板都喜欢用自己的名字给企业命名，响亮又好记，也让客户相信，老板不会做倒自己牌子事情。

张老板低调，后来想想，"群峰"这厂名好是好，就是有点太大了。"一个做模具的厂，要那么多座山干吗？"

当年模具厂办得仓促，张群峰出身贫困，学了两年模具就去广州打工了。1999年张群峰在一家大企业担任钳工组组长时，有朋友主动送上了订单:"上海有一批信号灯模具,本来要到你们厂做的,算算太贵,你自己能不能做?"

张群峰没想过创业:"好像做不了吧,毕竟我自己没有公司……"

"对方开价60万……"

"这么多?"在深思熟虑之前,张群峰已经听到了自己清晰的回答,"做!"

冲这60万,他回乡创办了群峰模具厂。

稍微有了点规模,张群峰就宣布路灯、信号灯模具都不做了,所有门槛低的模具都不做了,他要专心做汽车核心零部件模具。

他想得明白,他进入这个行业时,北仑已经有了1000多家大大小小的模具厂,其中70%以上在大碶,如果一起竞争,最后只有把价格越压越低。

他也想过像很多同行一样,往下游发展,去做压铸件,可以提升产值利润。但厂房太小,施展不开拳脚,而且熔融合金液需要高温,用煤炉或者焦炭炉,燃烧生热,浓烟滚滚;脱模剂和冷却水混合后形成的油水到处流,河上漂着一层油,下面全是黑幽幽的水草,死鱼翻着肚皮上来。走过的人都得抱怨一句,"腻腥!"

他不想自己从小长大的地方变成这样。

"要素制约已成为浙江经济发展的切肤之痛,粗放型的增长方式遭遇'增长的极限'。"这是时任省委书记的习近平对当时浙江经济发展模式的判断。

一心在车间里的张群峰倒是没关注这些,但他知道,废水和噪音,已经让企业和乡亲们之间的矛盾越来越大,所以想来想去,还是只做模具好。污染小,资源消耗小,技术含量高,一门心思做一件事,总会做出样子的。

他从广州"老东家"那里请来的几位退休工程师也不太理解,光做模具也行,为什么只做汽车模具?他笑笑:"每次在街头一站,就会看到来来往往那么多自行车和摩托车,中国这么多人,将来能开上车的一定很多吧。"

这个农民的儿子,从小看着父母起早贪黑、辛苦劳作,努力积累财富,为家里添一台电视、一辆摩托车……改革开放前二十年,他见过很多一贫如洗的人白手起家,一点点挣出幸福生活。中国人那么聪明、那么勤奋,又遇上一个好时代,难道不该强大富裕?不该家家都开上车、开上的车越来越好吗?

为了表明决心,2003年,他将企业名从"群峰"改为"臻至",他和员工解释:"群峰,那么多山怎么爬得过来?不如选一座爬到最高,一览众山小。"

也是那一年,"八八战略"被提出,其中就有一条:"进一步发挥浙江的块状特色产业优势,加快先进制造业基地建设,走新型工业化道路。"接着,北仑根据原来的产业基础规划了大碶高档模具及汽配产业基地,2014年臻至搬进去时,已经是中国重点骨干模具企业。这时,一家知名汽车公司的负责人来园区寻找合作伙伴,张群峰没想到,对方考察了一圈后,订单落到了另外一家名不见经传的企业头上。

张群峰不是一个喜欢绕弯子的人,思来想去,直接去了对方公司拜访:"有没有可能告诉我差距在哪里?我好知道下一步怎么改。"

对方欣赏他的直率,便坦言,他们需要的是新能源汽车轻量化方向的合作伙伴。

汽车轻量化,顾名思义,就是在保证汽车强度和安全性能的前提下,尽可能地减轻汽车的整车质量,从而提高汽车的动力,减少能源消耗。新能源车还可以增加续航里程,这就要尽量使大型结构件一体化,减少螺丝螺母等连接件的使用。

张群峰很庆幸自己专门跑了这一趟:"现在晓得还不算太晚,以后我就一门心思做这个。"

2014年被称为新能源汽车产业爆发的元年,一年之中,国家密集出台了16项新能源汽车政策,当年中国新能源汽车产销同比增长300%,首次超过日本，我国成为继美国之后的世界第二大新能源汽车市场。

当身边的企业开始热热闹闹开疆拓土越做越大的时候，张群峰一心一意地守着老本行。2018年，臻至模具为某世界五百强汽车企业成功研发了一副重达31吨的大型结构件模具，并凭借此顺利进入了奔驰、上汽等知名企业的供应商名录。

总书记来过以后，以前的问题又被提了出来——"为什么不借这个机会顺带把产品也做了？多简单的一件事，做成后企业的体量和以前就不是一个级别的了。"

圈里的人都清楚，模具是个性化产品，不可能像压铸件一样批量生产，盯着模具死磕，产值和利润不可能很快提升。

但张群峰心思不在赚钱上，这两年除了忙着技术升级，就是在忙数字化改革。

模具不是流水线上批量生产的标准化产品，没有固定生产流程，以前全靠人安排，现在一套大型压铸模具涉及的设备、零件、原料、工艺环节成百上千，周期内同时复合开发几十套，且结构复杂、工艺烦琐。稍有变化，牵一发而动全身，管控的难度越来越大。

数字化是根据设备、人力和环境情况，通过数字孪生，输出一个最佳的排产结果，一旦发生客户撤单、装配调整、生产环节出现异常等问题，生产全过程会随之进行调整，大大提高生产效率。2022年，模具产业集群新智造试点和模具产业大脑先后被列入省数字经济系统数字化改革试点项目。

除了数字化改造，臻至又添置了2000多万元的新设备，能利用的空间全用来放机器。

6米高的五轴数控钻铣复合加工中心到位，老板娘刘瑾啧啧赞叹了一会儿："这个价格可以在上海买栋别墅了吧？"

张群峰严谨地回答："这要看地段，买栋别墅可能有点紧张，不过买一个大平层应该没问题。但这家伙比别墅牛啊,以前我们模具做到七八十吨就已经是极限了,现在突破百吨一点问题也没有,在全国都是排得上号的。"

玩笑归玩笑,刘瑾最了解丈夫,臻至从未涉足别的投资,哪怕是炒房最热的时候,别说公司,所有管理层一个人都没有去投。

骨子里,他们都是最传统的模具人,不喜欢宏大叙事,不习惯煽情讲述,漫长岁月,不过坚守一隅打磨光阴,偶有惹人瞩目的时刻,但更多时间是默默前行。

◎ 宁波第一产业

2014年10月,臻至刚开始研究新能源汽车轻量化方向的模具时,它的邻居旭升,已经获得了特斯拉总裁马斯克在美国加州总部颁发的"全球十佳杰出合作伙伴"荣誉。

这件事在园区引起了小小的轰动,也有人问过张群峰,"你真的没想过向旭升看齐?"

算算旭升进入这个赛道其实只比臻至早一年。之前旭升总裁徐旭东一直在兜兜转转找项目。徐旭东也是模具工出身,但和步步稳扎稳打的张群峰不同,他经历过一夜暴富,也吃过投资失败的亏。1999年,张群峰赚到第一桶金60万元的时候,徐旭东不但赔光老本,还欠下80万元债务。

新世纪的最初十年,张群峰心无旁骛打磨模具的时候,徐旭东靠做海外清洗设备的压铸件迅速翻了身。东山再起后,徐旭东再做决定时就变得特别谨慎。

徐旭东看中新能源汽车零部件产业很久了,一直在观望,直到2013年机缘巧合之下,和知名新能源车品牌特斯拉牵上线。

开始的时候，人人都说他"运道好"，一开始就和"大佬"合作。只有徐旭东自己知道，很多机会是他孤注一掷拼尽全力争来的。

2014年，特斯拉全套动力系统项目竞标，徐旭东败给了一家著名的世界500强企业。没想到他们的产品因为质量问题造成停线风险和巨额空运费用，特斯拉不得不重新寻找供应商。得知消息，徐旭东立刻动身去美国。经过半个月没日没夜地谈判和修改报告，年产值1个多亿元的旭升，成功拿下了这个当时价值3个多亿元的订单。

回来以后，一张巨大的表格被贴在徐旭东办公室的墙上，每日的计划写得密密麻麻。

3个多亿元的项目千头万绪。旭升基础怎么样，徐旭东心里最清楚，在美国谈判时，最大的感受就是太缺少人才，于是开始千方百计招人。广东、苏州、上海，天南海北地去面试，常常聊到凌晨三四点。

把人才从大城市里请到北仑不容易，徐旭东打听来打听去，最后决定请这位人才的老丈人吃饭，精心准备了几种好酒，就为了让他老人家出马，帮忙劝两句，至少，不能反对。

徐旭东从来不讲那些大道理，但关于新能源汽车前景如何，他倒是能讲得深入浅出。这么多年公司是怎么一步步走来，美国这一仗如何拿下，目前公司还有哪些瓶颈，他都开诚布公地谈。说到待遇更是诚心诚意："有什么要求、什么困难，尽管提。我也给你交个底，这次来我也想好了，请得到就请，请不到，住下接着请，请到为止。"

老人倒也被他说得动情，答应去做女儿工作。"你放心，囡听我的。她肯了，女婿也就肯了。"

就这样，旭升的人才梯队一点一点地强大起来。在徐旭东满世界找人的同时，工厂也在抓紧改造升级，同步引进国外设备。又是把全部身家押进去，用一场豪赌完成了这个项目，并得到了后来上市的机会。

这几年，越来越多的宁波企业成为特斯拉重要的合作伙伴：均胜电子为其提供 BMS 电池管理系统、方向盘元件、人车交互系统，以及汽车电子传感器等；旭升为其提供变速箱壳体；华翔为其供应内饰件；拓普为其提供 NVH 零部件和底盘结构件等；东睦、继峰、双林、爱柯迪等也直接或间接成为其供应商；此外，还有很多企业由于保密协议不能公开……

慢慢大家也都知道了，和特斯拉合作是不容易的，但在这个过程中，越来越多的企业成长起来，它们也有了越来越多的机会。

其实早在 21 世纪初，中国汽车产业爆发前，宁波汽车零部件企业有 500—1000 家。后来，随着中国加入 WTO，汽车全球供应链开始向中国大规模转移，民营资本造汽车得到了政府的正式首肯，迅猛的造车运动开始。而在这之前，第一辆吉利美日两厢轿车已从吉利北仑基地下线，宁波汽车工业史上出现了真正意义上的乘用车整车；建新赵氏已开始研发整体式密封条；帅特龙已成为业界知名的车用烟灰缸大王；华翔收购了国营陆平机器厂，然后围绕汽配产业链"攻城略地"……

2007 年，在吉利宁波基地的发动机厂，李书福与 80 家经销商联合发布了《宁波宣言》，做出战略转型的决定，这预示着宁波汽车工业从塑料件、内饰件、外饰件开始逐步向核心零部件纵深挺进。

很快，汽车工业成为本土全球化程度最高的行业。

最先出手的是华翔。2007 年，周辞美以 340 万英镑全资收购拥有 85 年历史、产品全球市场占有率达 10% 的走到破产边缘的英国劳伦斯汽车内饰件公司，拥有了世界著名的桃木内饰产品。四年后又并购英国捷豹陆虎真木制造中心，吞并全球豪华车用铝合金装饰件供应商美国北方刻印，收购德国瑞纳……

之后，吉利的李书福拿下了欧洲沃尔沃。而做汽车电子也把跨国并购作为突破技术"天花板"的重要路径，经过前后三年的努力，2011 年 4 月均胜电子并购了汽车电子"隐形冠军"德国普瑞公司。在中国房地产市场一片红火之际,王剑峰抛弃了企业旗下所有的地产项目,几乎把全部身家压在这场豪赌上。前后不到两年时间,王剑峰完成了抛售、收购、重组、上市等一系列令人咋舌的重大资产运作,被许多业内人士称作"疯子"。王剑峰说:"疯子的'优势'在于想到就做,而且没人能够阻拦。"

结果,他赢了。均胜电子收购德国普瑞被誉为2012年国内十大跨国并购案之一。

此后,均胜电子接连出手,又并购了德国IMA、Quin GmbH、TS道恩,美国EVANA、KSS,以及汽车安全领域排全球第二的日本高田。

2012年1月7日,上汽大众宁波工厂在杭州湾新区开工,一期于2013年10月建成投产,二期于2017年12月建成投产,加上之前吉利2011年在杭州湾投产的生产基地,杭州湾取代北仑成为宁波整车制造的核心区,包括弗吉亚、江森等9家世界500强企业在内的150多家汽车关键零部件企业相继落户于此。

2016年,汽车制造超越石化,晋升为宁波第一大产业。三年后宁波部署建设"246"万千亿级产业集群,汽车成为当前全力打造的两个万亿级产业集群之一。

2021年4月15日,杭州湾极氪工厂内,全新智能纯电车型——极氪001全球首次亮相,极氪App随之上线。四个月后,极氪获得英特尔资本、宁德时代、哔哩哔哩、鸿商集团、博裕投资战略投资,估值达580亿元,一举成为亚洲前20的独角兽企业。宁波也因此实现独角兽企业零的突破。

极氪App利用远程启动车辆、远程控制空调、自动搜寻充电桩、自动充值、自动扣款、自动开票等刚需场景,增加用户黏性,并通过增加大量社交功能将私域流量进一步锁定。

从这个角度讲,他们不仅仅将极氪定义为一辆车,更将其定义为下一代智能终端。

宁波逐渐形成了从汽车配件到整车生产完整的产业链，很多企业赶上了时代的风口，开始了新一轮的产品迭代。当然，这个过程并不是一蹴而就的。像徐旭东、王剑峰那样的幸运者毕竟是少数，更多企业和臻至相似，在数年的打磨之后，才迎来了快速增长期。

张群峰说他不想分心，汽车不管如何升级换代，总是需要模具的。他的理想就是做最难做的模具，做到行业尖端。"赚钱是一种乐趣，这又是另外一种乐趣。"

回过头来想想，张群峰每一步都是被时代推着走的，包括做学徒、打工、开厂、进园区、做汽车零部件模具、专注于轻量化大型结构件……从前总以为自己的"小厂"只有自己在意，总以为这样的企业多如牛毛，在时代大潮里起起伏伏可以被忽略不计，直到那个细雨蒙蒙的春日下午，习近平总书记走进了这个"小厂"。他一直记得总书记的语气，总书记很肯定地说，我国中小企业有灵气、有活力，善于迎难而上、自强不息……

如今这句话就被贴在臻至的墙上，不张扬，但有分量。下面忙碌的人来来往往，一副又一副新模具出厂，它们将为大大小小的车企以更低的成本制造出功能更先进的好车，为张群峰实现让人人开上好车的梦想。

◎ 最好的连接

汽车驰骋天下，跨越山海，需要一座又一座桥：那些抵得住台风肆虐、扛得了潮汐侵蚀、经得起时间考验的桥，那些让人走得稳稳当当、如履平地的桥。

浙江多水多桥，很多年前，一个叫徐斌的中学老师发现，车子开过大桥,车头常常会一跳。

"为什么车会跳?"学生问了,做老师的总要找到答案。当然是因为桥面不平嘛,不平的地方,就是大桥的"关节"。

大桥、高架都有"关节",一条条小小的伸缩缝连接起各板块,让路桥在遇到车压、撞击、风力等各种冲击时释放位移压力。伸缩缝若被磨损,就会出现"跳车"现象。

后来喜欢研究土木工程的徐老师辞职下海,成立路宝集团。他心目中的"路宝",就是让大型路桥变得更坦荡的伸缩装置,让桥面"无缝"连接。

核心技术都在欧美国家那里。

他引人才、建实验室,走遍世界各地学习,带领一群年轻技术骨干、一线技师,钻了不下 100 座桥、几千个桥洞,细细查看伸缩缝装置,在车辆呼啸而过时,感受桥梁晃动的幅度,体会不同装置之间的微妙差别。

走过很长的路、很多的桥,2002 年路宝研发出了自己新产品——RB 模块式多向变位桥梁伸缩装置。

2003 年,宁波人家门口的世界级工程——杭州湾跨海大桥开工,当时大型桥梁伸缩装置被欧美垄断,价格也是它们说了算,国外公司报价为 1.5 亿元。

路宝说,他们可以省下一半。

徐斌和同事们从此开始跨海之旅。

那意味着风餐露宿,夙兴夜寐,一闭眼,耳畔只有呼呼的风声。遥远的岸上是热热闹闹的万家灯火,人们讨论着股票、房产,那些更容易赚钱的东西。苍茫大海中,徐斌和他的团队只在意潮涨潮落,他们要攻破的是最复杂潮汐环境下桥梁伸缩的国际性难题。

人在海上的时候,一切都变得非常遥远。天地辽阔,人只是海天之间小小的一点,孤独而自由,微弱而坚定,所依赖的只有脚下那座正在建设中的桥,她质朴而庄重,宏伟而悠长,那是徐斌的心血、智慧、青春、梦想……

她也是很多宁波人的梦想,跨过海、连接大上海的梦想。

她还是长三角一体化的重要标志。徐斌一直记得习近平总书记视察时鼓励建设者的话,"我们自己要把自己的桥搭好,真正建造一座世界第一的、世界一流的大桥,真正地推动长三角一体化健康发展。"

路宝如一条鲶鱼,以实际造价7000多万元拿下全桥235套伸缩装置,节约成本超50%。在这个过程中,经历十多年打磨的RB桥梁伸缩装置形成规模化生产,一举打破国外行业巨头一百多年来对大型桥梁伸缩装置的垄断。

大桥通车的时间越来越近了——桥面已经完工,栏杆刷上了好看的彩虹七色,S型曲线的公路使人的视线一直延伸至浩瀚大海。当时有人问路宝的技术人员,"听说大桥的使用寿命是一百年?那我们的装置可以用多少年?"

徐斌胸有成竹地笑笑:"让时间来检验吧。"

杭州湾跨海大桥开通后,宁波往来苏州、上海及北上车流,史上首次无须绕行省会杭州的"三角形地带",宁波与上海迈入"两小时交通圈"。一转眼,十多年过去了,这十多年里发生了很多变化,铁路、公路网越织越密,交通越来越便捷,越来越多的高楼、大型企业、医院、高校、大型商场、摩天轮、主题乐园把前湾新区变成一片热土,长三角各大城市间,产业链关键核心技术(产品)互补合作领域越来越丰富,人才流动越来越频繁,社保卡"一卡通用"场景越来越多,跨省异地就医门诊费用直接结算覆盖面越来越广……

但这十多年里,路宝的产品没变,伸缩缝主部件创下"零更换"纪录。

它们连接得很好,让人骄傲。

也正是因为这座桥,路宝后来又参与建设了很多座桥:世界第一钢箱梁悬索桥虎门二桥、世界第一座高速铁路悬索桥五峰山长江大桥、世界上跨度最大的双层悬索桥杨泗港长江大桥、世界最长最宽的多塔斜拉桥嘉绍大桥、非洲第一大跨径悬索桥莫桑比克马普托大桥……那些桥跨越大江大河、高山峡谷、海峡海湾，连接起了许多城市村庄，但港珠澳大桥终究是不一样的。

被英国《卫报》用"现代世界七大奇迹之一"来形容的港珠澳大桥由166套"伸缩关节"连接而成，其中97%由路宝研制。其全球首创的环保降噪技术满足了十分苛刻的减噪、抗震等性能技术要求，进口模数式伸缩装置过车噪音在16分贝左右，路宝可低至2.5分贝。

港珠澳大桥使用寿命设计在一百二十年左右，她跨越的伶仃洋，是当年南宋诗人文天祥写下"留取丹心照汗青"的地方。站在桥上，听海风呼啸，看桥两侧的海浪，呼吸一般，一起，一伏，让人无限感慨：一百二十年以后，世界会是什么样？那时的城际交通，又会缩短多少时长？当桥完成了历史使命后，她承载的城与城之间的复杂情感会不会被遗忘？当所有造桥的人都已经不在，后来的人们能不能体会当年的喜悦与热望？

时代巨变，总有些东西不会变，路宝要做百年工程。

于是二次创业开始，路宝开启了桥面铺装的"后沥青"时代。

沥青遇高温易变形、抗腐蚀能力差，被大型车辆反复碾压后需要经常"打补丁"，路宝发明的"ECO改性聚氨酯"可以在常温条件下拌合，低排放、低能耗，而且节省工时。沥青路面铺浇后需要养护2周，而路宝的新材料只需等2小时。

钢桥面铺装系统技术在推广时屡屡碰壁，很多单位夸赞归夸赞，实际采购时却将其拒之门外。一是国内客户习惯用成熟的产品，不愿意当"小白鼠"。二是国外垄断企业蓄意打压。平时不推新产品，而一旦国内有替代产品上市，他们就推第二代；国内替代产品改进后，他们又推出第三代，针对性打压，以保证其市场话语权和利益最大化。

经过漫长的等待、争取，直到 2022 年 5 月，横跨温州乐清和龙湾国际机场的瓯江北口大桥才正式通车。

这座桥不太有名，但它是我国乃至世界上技术难度最大、建造工艺最为复杂的桥梁之一，创造了多项世界第一。其中两大关键工程——桥梁伸缩装置和下层国道桥面铺装，均由路宝完成。

凭着这个世纪工程，路宝的"二宝"再次一炮打响。

它连接起更多的地方。

2020 年，路宝被评为国家级制造业单项冠军时，当年随口问徐斌车过桥为什么会跳的学生也已过了不惑之年。庆功宴上，学生敬他酒，说之前很少听到路宝的名字，直到港珠澳大桥和"一带一路"标志性工程莫桑比克马普托大桥，才知道老师这么了不起。

徐斌举起酒杯，有片刻恍惚。

他想起了那些默默无闻的日子，那些在海上的日日夜夜，想起那年跟着交通部 7 人专家组前往某大桥的施工现场考察时，被施工的某德国公司蛮横拦下。"你们不能靠近！"对方满脸戒备，怕中国人剽窃技术。他还想起了被专家认定为"达到国际先进水平"却屡屡吃了很多闭门羹的新技术……

往事一幕幕，真正要总结的时候，也不过一两句话："这么多年，一直默默在做，我在桥上和工人同吃同住了很多年，现在轮到我儿子了。"

"真不容易，现在我每经过一座大桥，就会想，是不是路宝的手笔。"

"世纪工程，不敢怠慢。希望通过我们的连接，此岸和彼岸，这里和那里，现实和梦想之间的道路都更顺畅。"徐斌将杯中酒一饮而尽，"你们负责诗与远方，我们负责一路坦荡。"

◎ 它会分布在所有阳光能照到的地方

开车经过那些跨海大桥，人们常常会看到大片光伏板被装在海边，那些洒在光伏板上的阳光，变成了天空一样的蓝色，耀眼、纯净。

在风声和遥远的浪声里，成千上万块光伏板安安静静、干干净净地把阳光变成电，通往广阔人间的千家万户。这可能是双碳产业链中最耀眼的场景，因为光。

锦浪科技的公司本部在象山海边，董事长王一鸣就在当地长大。这个教师的孩子，从小聪明且勤奋，看到海上日出写作文，就会想到艾青的诗："太阳啊，我们最大的光源，它从亿万万里以外的高空，向我们居住的地方输送热量，使我们这里滋长了万物，万物都对它表示景仰……"

艾青发表这首《光的赞歌》时，大洋彼岸的美国已经制定了"阳光发电计划"，日本紧随其后，中国也尝试在农村推广太阳灶。

一篇关于"太阳公公煮面条"的课文让年幼的王一鸣忍不住在课堂上流下口水，但直到1998年考上上海交通大学，他也没有吃上太阳公公煮的任何美味。

新世纪的第一缕阳光照亮世界的时候，石油与煤依然是世界能源结构的主角，但大量燃烧矿物能源造成的环境污染和生态破坏，已经引起了全球警觉。

从本科到在英国爱丁堡大学攻读硕士学位的那几年，人们谈论得越来越多的"新能源"和"可持续发展"，逐渐成为王一鸣生命中的关键词。

2005年，正在布里斯托大学攻读博士学位的王一鸣突然回来了。连父母都惊讶，一直听话、按部就班的儿子，这回看起来有点冲动。

"书什么时候都可以读，现在有件急事要办！"

这件急事就是锦浪科技。那是整个光伏产业爆发的前夜，在英国一边上学一边创业的他，敏锐地察觉到光伏在欧洲市场的需求开始萌动，于是抓紧机会回乡，将项目产业化。

因为有技术基础，锦浪的第一代逆变器在第二年就迎来了量产。2006年初，公司第一批价值30多万元的产品顺利生产，王一鸣激动地漂洋过海去英国送货。

这笔订单不仅带来了近10万元的利润，也让锦浪的产品敲开了国际市场的大门。随后，订单接踵而至，锦浪迎来发展的春天。

那也是整个行业的春天。

那也是S.H.E最红的时候，"你是电，你是光，你是唯一的神话"响彻大街小巷，让人忍不住加快脚步。

那几年，常有客户拿着六七千台的订单找上门。只要王一鸣愿意，就能轻松赚钱。

可是他犹豫了。

"这一单就是我们公司两年销量的总和啊。"总有人有意无意地提醒他。

好朋友也不解："哎，你当年抛下快到手的博士学位回来，不就是为了尽快赚钱吗？当时的魄力哪儿去了？"

或许是"理工男"天生的冷静头脑，或许是严格的家教培养的沉稳性格，或许是宁波企业家流淌在血液中的务实基因，总之他纠结之后不为所动："我们的产品内部测试时间还未超过半年，万一品质出现问题怎么办？做坏了，倒不如不做。哪怕少赚点，走得慢一点，也不要冒进。"

还是沉下心，好好做逆变器吧。

逆变器就是将直流电转换为定频定压或调频调压交流电的转换装置，被形容成光伏的"心脏"，但锦浪的目标是让逆变器拥有"大脑"的智慧，一年年打磨，将数字化、智能化功能融入逆变器，让其逐渐具备了数据采集、处理和分析等智能化功能，变得越来越聪明。

2011年后，欧洲各国调整政府补贴政策，降低政府补贴，光伏市场出现萎缩，因之前大幅扩张而增加的产能出现过剩，导致全球光伏行业供需失衡。欧债危机加剧了市场波动，众多知名组件厂商因此停工、亏损，甚至倒闭。

在最为艰难的2013年，风光一时的江苏尚德破产了，越来越多的企业渐渐失去了信心。城门失火，殃及池鱼。锦浪也未能幸免，发展进入了一个瓶颈期。

那种感觉，就像走进了深夜的密林，但王一鸣始终相信，只要方向没错，就能迎来黎明。

他还是按照自己认准的方向走，之前国内一直以西部的集中式地面电站为主，大多用集中式逆变器，但锦浪早早地开始布局组串式、分布式逆变器。

借鉴了西方的成熟市场经验后，锦浪认定，将来光伏不会集中在偏远的西部，它会出现在城市、乡村的角角落落，会被安装在写字楼或居民楼的顶层、与农作物共存的田间地头，会成为一个村庄、一个社区的"标配"，会分布在所有阳光能照到的地方……

这是他在心里描绘过无数次的蓝图。

为了这个蓝图，锦浪从海外市场调整为国内国外同时布局，抢占国内市场。

多年后回过头来看，很多同事笑称这是锦浪"双循环战略"的开始，但这在当时很冒险。压力大的时候，王一鸣就会开20分钟车，到海边走一走。海风扑面，天地辽阔，他想，中国这么大，一定可以施展开拳脚。

也是从2013年开始，我国陆续发布了针对光伏产业的扶持政策，完善了光伏行业价格及竞争体系，随着国内分布式应用发展，组串式逆变器的应用也不断增多。

这一点变化就像密林里的一道阳光，顽强地透过层层叠叠的枝叶洒下来，让坚守者看到了点点光亮。

这些年，由锦浪制造的"中国芯"陆续有力地"跳动"在法国埃菲尔铁塔、美国邮政洛杉矶分拣中心、上海世博会、G20 峰会、北京冬奥会等国内外标杆项目的发电装置里。

但最让人骄傲的，还是光伏进驻乡村。

2018 年，海曙区龙观乡李岙村，300 多户村民家、村委会大楼以及公共厕所等建筑的屋顶上，光伏陶瓷瓦片替代普通瓦片，配合锦浪 GCI-30K 逆变器，组成了分布式户用光伏发电系统，全年发电量达 60 多万度。

阳光下，家家户户屋顶有序排布的光伏，如同游龙身上闪闪发光的片片龙鳞，穿行于青山绿水间，让"龙观"变得更生动。

这是全国首个光伏建筑一体化覆盖村，村民能享受每月 50 度电的免费用电补贴，同时，向电网公司售电，使村集体实现经济收益增长。

随后周边 24 个村，都建立起了自己的光伏电站，让村民们"晒着太阳"享收益。

那年描绘的蓝图越来越具体，在宁海波光粼粼的海水养殖塘上，锦浪成就了全国最大的海水养殖"渔光互补"项目，在车棚、加油站、学校、企业、农村的蔬菜大棚……星星点点的光将无数城镇乡村照亮。

2019 年 3 月，与光同行的锦浪在深交所成功上市。"80 后"王一鸣终于一鸣惊人，成为宁波最年轻的上市公司董事长。

黎明到来之后，你看到的每片叶子都熠熠生辉。虽然这并不意味着从此前路就一片光明，但至少每一步都有底气。

上市后的锦浪并没有大刀阔斧地拓宽业务，无非是将擅长的领域做精做深，逆变器不断迭代，目前在国内分布式市场的占有率居第一位。

而当储能迎来风起之时，锦浪再次跟上步伐。2022 年 4 月的广交会上，离网储能新品机型和光伏储能旗舰机型备受关注。锦浪还进军双碳物联网，其研发的云光伏电站监控平台，故障排查更及时，实现碳减排。

2022 年，锦浪总市值突破千亿元，但王一鸣更关注另一个消息：截至

2021年底，宁波市光伏发电装机容量343万千瓦，居全省首位。《宁波市促进光伏产业高质量发展实施方案》印发，宁波将打造国内重要的光伏产业高质量发展阵地，并积极践行国家布局，谋划碳交易金融中心、双碳产业链、双碳物联网等事宜，努力在双碳领域成为又一个全国示范。

双碳战略是我国向世界许下的庄严承诺，是构建人类命运共同体的中国方案，也将是未来最大的赛道。

"2021全球新能源企业500强榜单"上，锦浪与东方日升、杉杉股份、日月股份、容百新能源、亚锦科技、维科技术7家甬企榜上有名。越来越多的企业正用技术的力量为世界和中国低碳绿色发展贡献宁波力量。

当年的西服大王杉杉，如今聚焦发展新能源新材料，在锂电材料领域不断发力，为越来越多的新能源车提供新动力。

现代感十足的垃圾中转站，净源科技将原本做导弹密封条的PTFE聚四氟乙烯作为纳米级过滤的膜组，让垃圾渗滤液处理后能达到三类水以上的标准，可直排市政管网。宁波已成为全国首个用这种技术处理垃圾渗滤液的城市，如果全市推广，可省三四亿元财政支出。

福建兴化湾蔚蓝的洋面上，我国第一台单机容量10兆瓦的海上风电机组并网发电，中国海上风电发展历史又翻开了新的一页。而这台高185米的庞然大物的"中枢神经"，是宁波菲仕提供的变桨电机。

沧海碧波之上，大风车缓缓地转。

风和光一样，为绿色中国提供不竭动力。

◎ "只要国家需要，我们就会尽力去做。"

比沧海更广阔的，是浩瀚苍穹。

2021年4月29日,震耳欲聋的轰鸣声中,中国空间站"天和"核心舱冲上云霄,遥远的太空,将建起一个超级实验室。

随之一起上天的,还有宁波永新光学承制的中国首台太空显微实验仪。

这台用于航天医学研究的显微镜相当于科学家的"眼睛",使他们能在太空探索生命奇迹。

发射现场,永新光学总经理毛磊百感交集。一个半月前,他们的前董事长、著名甬籍爱国港商曹光彪先生刚刚过世。

曹光彪老人出生于苦难深重的1920年,经历百年风雨,一生都在为国家富强竭尽全力。毛磊特意带去了曹先生的照片,助力中国航工事业,是他们共同的梦想。他想让先生一起看一看。

一片欢腾中,毛磊脑海中浮现的,是十八年前"神舟五号"上天的情形。

2003年10月15日,"神舟五号"飞船载着航天员杨利伟飞上太空,浩瀚太空迎来第一位中国访客。毛磊记得,那天他正陪着曹光彪在南京的挹江门附近爬山。老人听到消息,笑着点头,连说了几声"好!",然后停下脚步,极目远眺,无限感慨。

正是秋高气爽的明媚天气,山上很安静,长江在山脚下缓缓淌过,两山之间的城门庄严雄伟,下面便是车水马龙的繁华都市。

挹江门,旧时是长江下关码头通往城内的重要通道,1937年南京沦陷时,无数城中百姓拖家带口想由此逃离战火,惨遭日军追杀。城墙根下的纪念碑记载,这里是南京大屠杀中遇难同胞尸骨丛葬地之一。

也是那一年,因为战乱,17岁的曹光彪家道中落,被迫辍学,接过父亲债台高筑的店面。稚气未脱的少年被命运推进乱世风雨,真刀真枪地在上海十里洋场打拼。

转眼一个多甲子过去,挹江门外,当年脚步杂沓的逃亡路,变成了郁郁葱葱的林荫大道。回忆半生坎坷,老人百感交集:"真没想到还有这么一天,我们中国人终于扬眉吐气了,了不起!"

80多岁的老人,说到"了不起"的时候,还是孩子一样的语调。他的眼睛亮晶晶的,毛磊一时分不清,那是年轻时的剩余锋芒,还是一层盈盈泪光。

杨利伟上天的时候,毛磊还觉得那是自己难以抵达的远方。不想三年后,永新光学就接到一个特殊的任务,和浙江大学合作完成一个镜头。卫星上天,他们才知道那是"嫦娥二号"的"眼睛"。

这个镜头需要适应宇宙空间辐射和极冷极热的真空环境,在任何极端条件下都能保证成像质量。当时来接洽的人问毛磊:"最顶尖的镜头,有把握吗?"

毛磊心里一惊,十年前,曹老通过浙大校友会找到他,希望他帮自己管理在家乡投资的宁波光学仪器厂时,也是这么说的。

那时,毛磊所在的南京江南光学仪器厂已被誉为"中国光学的摇篮",这里诞生过中国第一台生物显微镜和第一台60厘米天文望远镜,但作为总工程师的他知道,这离国际前沿还相差甚远。

曹光彪说,投资高新技术产业,是想为祖国强大提供科技支撑。选择光学产业,最初是因为年轻时爱摄影,总想造出最好的相机。后来发现,光学仪器更重要,那是科学家的"眼睛"、科研的基础,抬头遥望浩瀚星空,低头细看微观万象,必须精益求精。

"没什么捷径,只能沉下心一点点磨……做到世界顶尖,有把握吗?"

一番长谈,改变了毛磊和两家企业的命运。宁波光学仪器厂改制为永新光学,毛磊任总经理,这是曹光彪生前最后投资并担任董事长的公司,数年后收购南京江南光学仪器厂。

毛磊"磨"了十多年,2010年"嫦娥二号"卫星"回眸一望",人们第一次从月球的视角看到了自己生存的美丽星球。一片欢腾之时,他在角落暗暗欢喜，想起曹老"沉下心"的嘱咐，决定暂不宣扬，"我们还可以做得更好！"

三年后，嫦娥"三姑娘"登月，降落相机记录下其在"广寒宫"表面降落时的画面，落月之舞惊艳四方，毛磊很开心，"能够直接参与国家重要工程，是一家民营企业最值得骄傲的事！"由此人们才了解到，嫦娥的"眼睛"，来自这家名不见经传的宁波企业。

但鲜有人知背后的艰难：从镜头的设计到选材，每道工序都经过了不计其数的举一反三和破坏性试验，做了100多个镜头比对，记录下了每个零件、每道工序的详细数据，积累了上万套资料和数据……

这么多年苦心孤诣寂寞前行，永新光学才得以逐渐成长为制造业单项冠军，它研制的我国第一台太空显微实验仪，得以进入中国空间站核心舱。

尽管他们从一开始就知道，这个"第一"不仅不赚钱，还需要不计成本地投入。

项目是自己争取来的，最初，航天员中心更倾向于找一家国企合作，所以第一次来到永新光学考察后便没了下文。但毛磊决定全力一试，除了为国效力的赤子之心，他也想借此积累一些过去碰不到的技术，让企业有更多沉淀。

在希望还很渺茫的时候，永新光学就开始做实验，做试样，一次次沟通，两年之后终于打动了一直没有找到合适企业的中国航天员中心，有了试一试的机会。

这是一个要比"嫦娥"镜头更复杂的完整装置，零部件几百个，核心部件需要在克服10g重力加速度和各种极端变化后依然保持高精度和灵敏度，除了装置本身，还要考虑电源和包装的问题……时间很紧，整个过程可谓步步惊心。

最惊险的一次，合同上的一个进口部件迟迟不来，对方先是以各种原因百般推托，毛磊通过各种渠道交涉，足足等了两个月后，终于姗姗来迟，可到了才发现完全不能用。

在最走投无路的时候，毛磊想到的，却是曹光彪多年前的话："这个第一不好当，如果第一来得容易，我还不干呢，我就是要为中国人争口气。"

改革开放后，已经成为"毛纺大王"的曹光彪是第一个到内地办厂的港商，开"补偿贸易"之先河；他的香洲毛纺厂也是大陆第一个由境外资本开办、第一个打破"大锅饭"分配的企业；他还创办了香港第一家华资主导的航空公司，打破了英资对航权的垄断……

每一个"第一"都困难重重、险象环生，但曹光彪坚持，"只要国家有需要，我们都要尽力去做。"他还说，用长远的眼光看问题，就没有什么克服不了的困难。

"为中国人争口气"的意念，也让毛磊和同事们对中国第一台上天的显微镜全力以赴。在确认进口部件不可用之后，永新光学打了报告自主研发，并在八个月的夙兴夜寐后攻下难关。

在这之前，永新光学主导制定了国际显微镜标准，在光学精密仪器领域，中国人第一次拥有了话语权和主导权。后来又牵头承担了"十三五""十四五"国家重点研发计划重点专项项目，并成功研发了重大科学实验仪器——激光共聚焦显微镜，打破了国外对这项产品长达三十四年的技术垄断。

为中国人争口气，他们做到了！

带着同样的意念，还有很多企业，一路攻坚克难，一步步攻破那些"卡脖子"的障碍和难关。

在永新光学为了"嫦娥"殚精竭虑的时候，有 2 名年轻的博士，义无反顾地从遥远的大洋彼岸回到中国，来到宁波。

2005 年夏天，怀着"产业报国"理想的姚力军回国与 2 名海归博士和 6 名日籍员工一同在余姚市创立了宁波江丰电子材料股份有限公司。这一年年底，江丰电子就成功制造出第一块国产靶材，结束了我国在高纯度溅射靶材领域完全依赖进口的历史。

但因为资金短缺和人才匮乏，公司头几年一直是亏的。

最难的时候，好几家跨国公司提出收购意向，只要一点头，财务自由触手可及。但姚力军知道，高纯度溅射靶材是国家的重大需求，少了江丰电子，就少了一家立志让芯片关键材料国产化的企业。所以他一直咬着牙苦苦坚持，直到八年后才实现盈利。

如今，江丰电子的产品已经打入了世界主流市场。全球有超过百余家芯片厂正在使用江丰电子的靶材。

同样辞去世界500强企业高管职位回国的还有新加坡国立大学博士张彦。因为两个宁波商人的天使投资，他来到宁波创办了激智科技。"中国的光学功能薄膜技术落后美国至少十年，主要依靠进口……"当年这些话刺痛了张彦，却又让他无力反驳。如今梦想有了翅膀，他当然要大干一场。

经过半年多的夙兴夜寐，国内首条光学膜生产线诞生，打破了国外长期垄断的局面，开启了国产化替代之路。此后，激智科技的光学扩散膜产品陆续成功打入三星、夏普、富士康、京东方、信利等众多国内外一线品牌，成为全球光学扩散膜行业的前三强和国内光电膜行业的领头羊。

那些年，因为越来越多高新技术企业的不懈努力，当年以轻工业、加工贸易、小家电、小商品与集体经济为主的"轻小加集"产业模式不断转型，单项冠军第一城再出发，努力打造全球智造创新之都。

念念不忘，必有回响。

姚力军牵头的"超高纯铝钛铜钽金属溅射靶材制备技术及应用"项目还获得了2020年度国家技术发明二等奖。

激智科技成为宁波的一张金名片之后，越来越多膜企业甚至优质的初创公司进驻宁波，形成了一个个优秀的产业集群。

毛磊再一次看到自己的心血是 2021 年 6 月 17 日，3 名航天员首次进入中国空间站。他一眼就认出直播画面里的"中国红"："被五星红旗覆盖的，就是我们的太空显微实验仪！"

那抹"中国红"一直在空间站的中心位置，她承载着宁波企业的倔强：哪怕世事无常，哪怕世界动荡，依旧要飞向更高处。

而一望无际的美丽宇宙中，还有一颗被命名为"曹光彪"的小行星，正隔着浩渺时空与太空显微实验仪深情相望。

◎ 努力"出海"

永新光学将心血送上云霄时，另一家企业正在准备造船出海。

新冠疫情席卷全球，以外贸为主的制造业企业都在为国际海运价格涨得离谱而发愁。乐歌股份的对策是自己造一艘船。

造船很烧钱，乐歌投了 2.07 亿元真金白银。其实这件事筹谋已久，就是因为太贵，乐歌一直犹豫不决。现在好了，明眼人都知道海运运费高涨的局面短期内都不会有所改变，有一艘船，也可以与更多从事跨境贸易的中小企业一起"抱团出海"。

结果未必总有设想的那么美好，路终究是一步步走出来的，宁波的企业家都有逢山开路、遇水搭桥的韧性和本事。

而"出海"从来不仅仅是运费的问题。

2022 年年初，丁言东的心里一直在打鼓。

波兰客户的订单一天没敲定，他就一天睡不好觉。他的宁波瑞曼克斯门窗配件有限公司成立十一年了，产品主要出口欧洲。公司规模不算大，与这个客户合作多年，每年都有近百万美元的订单，四成的利润。往年这个老朋友一般过了年就把合同签了,但今年迟迟不见动静。

没明确说中止合作,但是也一直没有下文。希望就像夜空中忽明忽暗的星星,望眼欲穿越久,越不真切。

因为按身边很多人的说法,这个态度,基本上就是没戏了。

"现在形势复杂,不要说什么细节还没谈过,我们的价格、产品都定好了,到了要高层签字的时候,就搁在那里。其实我们心里都清楚,多催也没意思,他们也只是碍于合作了这么多年,不好意思把结果直接告诉我们。"

也有朋友劝他,姿态放低点,价格再压一压。"直接减15%,秒杀报价,亏也要做。毕竟你机器开起来,工人才留得住。现在我们不做,有的是人做,要是还像以前那样高高挂起等个几天,订单早就下给别人了。"

丁言东苦笑道,"如果只是价格的问题就好了,都可以谈的。而且只要看到我们的产品,就会知道我们的价格绝对不虚。"

什么问题都可以谈,合作这么多年,不是没有过分歧,但毕竟双方目标一致,坐下来开诚布公地沟通,总能找到解决的办法。只是好巧不巧,2022年3月,波兰的这家公司被人收购了,新的甲方丁言东完全不认识,因为疫情,他已经三年没出国门了。

风向变了!很多事,见面谈,让对方看到自己的诚意,就容易谈成。现在只有邮件、微信沟通来沟通去,一不留神,味道就变了,联系就断了。

丁言东很着急,他有很多话想和那个素未谋面的新甲方说,但真去一趟,又下不了这个决心。且不说一个人来回的机票就不便宜,光时间成本就让人头疼。

可以包机出国的消息是在2022年6月中旬在外贸圈子里流传起来的。说是全国首创的涉外商务往返包机,专门帮助外贸企业在非常时期抓订单、拓市场。

丁言东一听到消息就开始打探有什么门槛,他担心企业小轮不上。后来他发现是"零门槛",只要有意愿出去就可以。宁波市商务局设计了一款专属微信统计小程序接收企业报名,填报成功后有专人对接,然后同步启动包机航班订票、护照情况核实、境外邀请函落实、目的国签证协助、境外行程转接等相关工作。

7月10日,和另外35名企业代表登上东航MU7101"宁波 — 布达佩斯"包机的时候,丁言东心里依然有一种不真实感。之前他一直担心,这么多人包机成团,要顺利出行,健康返程,中间得多少环节,又涉及那么多部门,考验重重,他真怕哪一步有问题就被卡住了。

好在,在宁波市商务局、宁波市公安局、宁波市财政局、宁波市交通运输局、宁波市卫生健康委、宁波市人民政府外事办公室、宁波机场、中国东方航空、宁波文旅会展集团有限公司等的通力协作下,从谋划到出发,宁波全国首创的涉外商务往返包机落地,耗时不过27天。

MU7101终于腾空而起。

丁言东坐在靠窗的位置,右手边是从事服装出口的宁波海曙沛甯国际贸易有限公司总经理袁琳。上万米的高空,云像海洋一样温柔地铺开。

东航贴心提供了免费空中高速WiFi,开视频会议都很流畅,但百感交集的企业代表们更愿意聊聊天,诉诉苦,也相互打打气。

毕竟这半年,大家都太不容易了。

一开年,订单都少了,客户的邮件中提到东南亚、印度、土耳其同行的频率越来越高。

袁琳叹了口气,"以前我逛市场,一手信息心里是有底的,现在一不小心就后知后觉,上个月一个客户发邮件,要我们到他们指定的印度供应商那里采购主标。我心里就'咯噔'了一下,知道不妙。"

主标虽是服装中一个很小的辅料,价值不高,但一直是客户品牌的标识,是中国的优势产品。丁言东理解这种焦虑,他的新甲方也屡屡提到土耳其企业。现在订单不管大小,"苍蝇肉"都有人虎视眈眈。一烦躁,索性就关上窗,把层层云海挡在视线之外,"没有办法,人家人力成本低,关税低,优势摆在那里。我看过的,越南工人的月薪约合人民币2000元至2500元,孟加拉国2000元左右,柬埔寨更低,也就一两千元,算算成本,只有宁波的五分之一上下。"

全球停摆的时候,中国"抗疫"取得了空前成功,确保了供应链的稳定运行。再加上政府针对线上运营的多项鼓励举措,帮助不少中小微企业完成了线上转型,斩获了国际订单,所以前两年日子还算好过。但在国外恢复正常后,相比面对面的交流,线上营销已经跟不上了。

袁琳说,"实际上我们生产的服装并非跑量的简单款,设计和款式是别的地方比不过的,但是有什么办法?疫情前,我们和客户见面沟通六七次,他们也会来确认订单、审批样品以及检验货物;现在光线上空口讲讲,到底不及人家拿着东西面对面交流。"

丁言东也有同感,所以他这次单枪匹马出来,带了两个大行李箱,一共30公斤,样品和资料差不多就占了25公斤。其中大多是新开发的产品,他心里也没有底,不知道这些新品能不能说服客户。

这架飞机上,还有很多"待嫁"的新品。但也有人一直强调这趟旅程没有那么明确的目的。"与这些中东欧老客户的交情,少说也有十几年了,一下子两三年不见,老想念了。能见上面已经很好了呀。"他像在说服大家也在说服自己,"啥也不谈,就和客户一起过个周末。"

这个周末也许有订单机会,也许没有,但明眼人都知道,与客户当面交流,交流技术难点,往后的订单那是自然的。

聊着各自的烦恼、担忧和期待,10多个小时其实过得很快。一下飞机丁言东就碰到了一个小插曲,他的匈牙利签证要在当地时间11日零时才生效。飞机落地时,当地时间10日16点刚过。好在经过一番沟通,海关得知是中国来的商务团后,顺利放行。

马不停蹄地,丁言东一个人转机直奔波兰华沙。这回要拜访的第一个客户多姆(Dom)是疫情期间建立合作的,一直还没碰过面。他的单子很小,不过十几万美元,但对方说见个面谈谈,以后的生意还给瑞曼克斯做。

就冲着这份交情,丁言东一定得来见这个面,还安排了第一个见。

转机的时候已是黄昏,窗外落日熔金,晚霞满天,他觉得这是一个好兆头。

11日一大早,多姆亲自来到酒店接他。那个胖胖的老人在人来人往的大堂一眼就认出了丁言东,跑过来热情地拥抱了他一下:"见到你真是太好了。"

异国他乡的第一个熟人,丁言东不由眼一热,一时百感交集。

这是一家太阳能电动卷帘窗生产企业,多姆带着丁言东进车间、看设备、聊产品,叫来了公司管理层和技术人员一起交流。展示样品后,丁言东很快顺利敲定了此行的第一个订单。

"我知道你不远万里跑一趟,一定还有更重要的人要拜访。"多姆拍了拍他的左臂,"赶紧去吧,你准备得很充分,会成功的,祝你好运。"

丁言东很感动,也不敢松懈,当天下午匆匆告别多姆,便搭乘火车奔赴下一个客户。

◎ 有怎样的脚步,就有怎样的路

去见这个被新公司收购的老客户时,丁言东心里忐忑,不知道还能不能重新把这个老朋友"抢"回来。

久别重逢,对方也热情,但丁言东能明显感觉出客气和疏离。果然,一番寒暄后,新甲方委婉地提出,别人的价格要比瑞曼克斯低不少。

还好,他提前做了预案,从行李箱里拿出一款外遮阳电动卷帘防盗装置。

这是他的底牌,该产品的技术此前被德国企业垄断了很多年。2019年他在参加巴黎门窗展时,这家波兰客户首次提出对这款产品的购买需求。丁言东当时就意识到,这代表一线市场最前沿的需求。展会归来他立即组织技术力量,进行实验研发,前后投入近百万元。研发成功的新产品不仅价格比德国产的便宜近一半,性能也有所改进,还申请了中国国家专利。

这次出来前,丁言东仔细复盘了客户历年的需求与痛点,想起之前他们提出一个工艺设想,当时因为技术达不到,成本也过高,对方拒绝了。这次瑞曼克斯专门组织了力量,赶出了一份可行性方案,希望在见新甲方时可以增加谈判筹码。结果证明,这招奏效了,对方看到了他们的诚意,也认可了他们的实力。

分歧最后又回到了价格上。

"毕竟现在都不容易,而且土耳其那边也很有诚意……"

见对方踌躇,丁言东突然想到了如意集团董事长、老外贸人储吉旺和外商谈判时的一个故事。当时外商要压价,称价格不降低就要另择他人。储吉旺灵机一动,称对方患了病,一种叫作"喜新厌旧"的病。

"我们的西林搬运车产品就像您相处多年的妻子,漂亮贤惠,只是时间长了,您厌倦了,便不乐意继续付出,想抛弃旧爱另结新欢。这当然是您的自由,但如果您发现情人不如妻子好,想再回到她身边,她一定不会再原谅您了。因为优秀的姑娘总是会有很多人追求,到时候,即便您再出更高的价格,我们也不会理会您这位'薄情郎'啦。"

储吉旺用这个故事说服了对方,丁言东也用同样的理由让对方坚定了继续合作的信心。

"我们已合作这么多年,配合默契,如果你们要去土耳其寻找新的供应商,肯定会有很长的磨合过程,未必会情投情合。"

丁言东还亮出了一个更大的筹码,那就是一个强大的"娘家"——宁波,宁波有完整的配套产业链,有便捷的集疏运网络,还有政府部门助企纾困、屡屡在全国开先河的真招实招,这一系列优势并非一朝一夕形成的,又岂是一朝一夕就能被替代的?

这次出国,丁言东满载而归,拿下约200万欧元的订单,更重要的是,他还了解了一些海外市场的新变化。比如在一家波兰客户的工厂中,一款太阳能的电动卷帘窗让丁言东印象深刻,他发现,传统的电动卷帘窗,可以与更多新技术相结合。他意识到,如果想保持在客户的供应链中,就要走在客户前面,在擅长的领域和环节引导客户,不然很容易被抛弃。

出去一次不可能解决所有的问题,但至少,他心里踏实了很多。

那段时间,包机的事在外贸圈里刷了屏。丁言东后来听外贸前辈储吉旺说,其实在二十二年前,也有一次轰动全国的包机,只不是那一次主角是宁海县西店镇50家企业的120余名农民企业家,他们去的不是欧洲,而是广州。

那时,西店的产品以手电筒为主,主要通过义乌销往国内市场,技术门槛低,同质化竞争严重。于是西店镇人民政府决定发展外向型经济,帮"泥腿子"企业走出去。而广交会,无疑是接轨国际市场的一大窗口。

这120余名农民企业家,严格说来,也不能叫"企业家",有的人连宁波市中心都没到过,但他们愿意花大价钱包飞机。大家胸前挂着一块相关牌子:中国宁海西店镇参加第88届广交会!

如此说来,"包机"不仅是一时一策的理念,更像一座城市代代相承的共识。

因开放而兴的宁波明白,面对外部挑战,决不能束手就擒、贻误机遇,唯有以更大勇气、智慧和担当,以勇闯天下的企业家精神推进改革、扩大开放,以开创新局面的实际行动提振信心、鼓舞士气、凝聚力量。

储吉旺还专门写过一本《我与外商打交道》。他说,像自己这样连一个英文单词都不会的人，也主动走出去，与外商打交道。这份主动让如意不断发展，让他获得了"世界搬运车之王"的称号。后来，因一张欧盟反倾销通知书，他失去了 30% 的手动液压搬运车市场，诉讼无门，还赔上巨额诉讼费，但那又怎样？"你限制'手动'，那我就开发'电动'的。"第二年他带着电动堆高车和搬运车，"杀"回德国汉诺威国际物流展，意向合同金额超千万美元。

现在的如意，不断用新技术、新手段"武装"自己。比如通过自建的海外营销网站，可以看到远在美国的现代化仓库，实时追踪产品的运输轨迹……这些都是从此岸到彼岸的重生、再造。

2022 年 8 月 10 日，俄罗斯一家客户企业成立二十一周年，81 岁的储吉旺挥毫写下了一首贺词：风霜雨雪立地生，苦苦朝天独向阳……线上线下齐头进，花开花谢守市场。

这贺词，与其说是写给老客户的，不如说是自勉自励，因为这也是甬商精神。

这座"每 4 人就有 1 个人与外贸有关"的城市，每每泰山压顶却都能逢凶化吉，靠的就是"风霜雨雪立地生，苦苦朝天独向阳"的奋进和坚韧。

还有手牵手共克难关的团结。

在宁波，中基惠通外贸公共平台、世贸通外贸及跨境电商综合服务平台等政府认定的外贸综合服务平台已超过 10 个，每个平台平均服务中小微外贸企业超过 3000 家，像全能保姆一样提供全面服务，如前端的客户匹配、产品设计、仓库租赁，后续的报关、物流、金融等。

"全能保姆"自身也在不断升级，如中基惠通成功打造了专属独立站，顺利对接线上广交会；探索"元宇宙＋外贸"的数字营销新赛道，推出元宇宙虚拟展馆 Meta BigBuyer，"让外商只需要上传个人照片，即可形成虚拟形象在'云端'走动，随意点击一款产品，就能看到 720 度无死角立体形象和产品参数;平台的客户作为参展方,则能像网游一样,自行设计、装修布展,打破时空界限,从此沉浸在永不落幕的虚拟展馆中。"

中基惠通是宁波最大的外贸综合服务平台,其总经理应秀珍常被称为宁波外贸的"常青树"。经历过 1998 年金融风暴和 2008 年次贷危机,二十多年起起伏伏,她说,路终究是走出来的,有怎样的脚步,就有怎样的路。

不仅仅企业间团结,政策利好也很多。比如企业参加线下重点展会,最高补贴 90%;除了包机常态化,涉外商务人员出入境也比以前便利多了;宁波鼓励外贸企业线上线下双线参展,创设"代参展"等新模式全力出展,明确 70 个"代参展"重点展会。宁波还举办了首届中国(宁波)跨境电商出口博览会,在全国范围内首创了"易跨保"金融服务方案,成立全国首个跨境电商出海联盟……

当然,这也是宁波传统。放眼全国外贸政策,至少有 20 项是在宁波起步的。

所以"丁言东们"一直相信,虽出海之旅会经历风浪,但他们的心血终究会漂洋过海抵达远方。

◎ 一个人和一个社区的成长

开放大省,大家都在努力"走出去"。

但一个普通的山里孩子能抵达的远方有多远?

如果这个孩子没有金榜题名考上名校的逆袭,没有赶上风口一夜成名的传奇,如果她一直在最基层的地方做着最普通的工作,她最终能走多远?

史孟艳从小就没有离开过北仑大碶,她出生的白峰小门村,三面环山,另一面朝着大海。舟山跨海大桥还没通车的时候，人们要去舟山，多半会从她家不远处的白峰码头摆渡。渡轮来回，声声长鸣，承载着一个山里小孩对于远方的所有想象。

但是她一直没有走远，工作就是在家附近兜兜转转，做村官、做社工。大碶是模具之乡，刚毕业那会儿同龄人在一起开玩笑，说他们这里有出息的"80后"大抵分为两种：一种是特别会读书、成绩好的，考上名牌大学去大城市工作了；另一种成绩特别不好，书读着读着就不读了，然后去学两年模具，哪怕开个小作坊也要比普通人赚得多。

史孟艳跟着自嘲，她大概就是那种两头都不占的，考个普通的学校，做个普通的工作。但好像也没什么不好，毕竟离家近，环境熟悉，她从一个家附近的村庄，到一个社区，只是这个社区工厂比较多，得改变一下管理的方式……

2008年，全国首个工业社区大港社区在北仑成立，2014年"小马拉大车"的大港社区经验在《人民日报》头版见报，也让工业社区这一模式迅速在北仑出圈——借鉴社区治理的经验，把企业当作居民一样提供人性化服务。这似乎是一个验证可行的方案。

2015年6月，灵峰工业社区成立。当时，张群峰的臻至新厂房才投产不久，他接到通知，碰到什么困难和问题都可以找社区。

他一时没回过神来，戏谑道："居委会大妈来管我们办企业吗？"

很快，"居委会大妈"自己找上门了。

这位史主任比张群峰想象中年轻得多，竟还是个准妈妈。骄阳似火的天气里，史孟艳挺着肚子拎着一个大大的资料袋，满头大汗，头发一绺绺搭在脑门上。张群峰赶紧把她请到办公室里。

那个袋子里，是针对园区企业的各种政策资料，涉及消防、环评、招工、信贷、人才补贴等方方面面，听起来倒也实用。

史孟艳一一做了介绍,"如果你们对政策细节还有什么不了解的,或者申报表格有哪里不会填的,随时联系我。"

张群峰不好意思了:"这么热的天还让您费心跑一趟,真说不过去,本来应该我到社区来拜访您。"

史孟艳笑着摆摆手,"我们办公的地方,还没开始造呢!"

她也没想到,社区成立,社区服务中心竟还是一片废墟。这里原来是家热电厂,因为高污染、高能耗被劝退了,搬离后留下了废弃厂房,窗户都没了,地基也开始下沉,里面垃圾遍地,破败不堪。

当初站在这片废墟前,她心里也说不清有几分把握。

从横杨工业社区的普通社工调到这里当主任,算"提拔"了吧?但算上自己和书记,一共也才3位社工,3个人管这么大的一个工业社区,还要设计一个服务企业和员工的中心,太考验人了。

只能用最笨的办法。她们把社区划为3个片区,一名社工负责一个。最开始的两个月,3人包里装着社区的装修和设计方案,一家家走访,征求意见。

后来想想,这大概就是最原始的"网格"。

最先进来的大多都是中小微企业,史孟艳是在车间长大的,父母也是当地的产业工人,她熟悉这些脱胎于家庭小作坊的中小微企业和习惯一身油污守在机器边的企业主,熟悉车间里机器铁锈和脱模水掺在一起的味道,也熟悉那些看到生人就一脸警惕的保安和用来防盗的狗。她也知道小老板们是怎么想的。你和他们谈理念,什么"党建先行,服务先导",什么"用服务居民的模式来服务园区企业和员工",他们根本不关心。他们关心的是,你既没钱,又没权,到底能为企业做什么。

所以她们决定先找老板娘聊,都是女人,更有共同语言。后来社区里的咖啡吧、书吧,最早就是老板娘们的建议。

咖啡的品质，也是有要求的。"这可不是我自己要喝！"张群峰的夫人刘瑾笑着说，"我办公室有咖啡机，我只是希望能多招几个大学生。不止我们，哪个企业都需要新鲜血液，将来这里的年轻人肯定越来越多，这是刚需。"

史孟艳也爱喝咖啡，但她去对接品牌咖啡的时候却碰了一鼻子灰："人家嫌我们这儿人少、地偏，没有市场价值。"

"那是他们没有远见，"刘瑾也失望，"但现在人少也是真的，企业不会做赔本的事。"

史孟艳却已经想好了，"他们不做的事，我们可以做啊。做咖啡而已，难道会比你们做模具更难？"

经过培训，社工做的咖啡很快有模有样，社区咖啡竟还有了点名气。

刘瑾也常常去喝，她从一杯咖啡看出史孟艳真的是一个做事的人。

但对老板们来说，咖啡还是虚的，他们更看中实际的东西：对做生意有什么好处？

那么就从最务实的开始。

北仑对企业的政策红利多，引进设备有补贴，人才培训有补贴，但这里的企业都不大，没人专门留意这个，老板们又多是一门心思搞技术的"钢铁直男"，常常错过一些政策红利。社区是消息最灵通的，一得知什么新政策，就会第一时间发到企业群。

听起来无非是最简单的上传下达，其实要做到针对性强，还是很烦琐的。对于一些重大的、专业性强的政策，社区还会邀请对口部门的相关负责人来宣讲，送政策上门。企业有什么问题，工作人员也会专门收集、整理和归纳，分门别类向相关部门汇报，给出相应对策。

就冲这一点，老板们发现，社区还是有用的。

不仅如此，社区还会帮他们解决一些实实在在的问题。

一线技术工人紧缺,不是一天两天的事了。社区协调街道和区里,张罗招聘事宜,还拉来数公里外的国家重点职业技术学院——宁波职业技术学院,开设学徒班,量身定制高素质技工。

有技术难题解决不了的时候,灵峰社区会出面向高校求援,为企业排忧解难。那年臻至接到一个东风汽车的订单,要研制一个离合器壳体精密压铸模,技术团队一直没破解,后来是"居委会大妈"帮的忙,社区拉来了宁职院的模具专家来做访问工程师,帮企业攻克难关。

还有一些特别细碎的事儿,比如为两家企业解决垃圾纠纷,把青少年宫的教师请到工业社区举办暑期托管班,多方商议为员工解决停车位紧张的问题……

在相互了解、磨合的日子里,在解决一个个实际问题的过程中,企业找社区的次数越来越多了,社区也发现,他们可以利用的资源有很多。

社区281名党员带头,发动数百名企业员工成为志愿者,建立15个社会组织。夜间巡逻、安全生产、文体活动乃至社区开放场所的运维,全部由党员和职工志愿者自主完成。

继咖啡吧之后,社区又有了篮球场、运动场、图书室、会议室、教室……机器轰鸣的间隙里,企业员工的生活一点点丰富起来。后来,史孟艳成为社区书记。随着越来越多企业搬入,社工增加到6位。日子细水长流地过着,直到2020年开春,新冠肺炎疫情来势汹汹。

要防控疫情,要复工复产。旭升这样的上市公司发动海外员工满世界找口罩,而臻至这样的企业,规模没那么大,也没有那么多资源可以调度,很多事更没有头绪。张群峰给社区书记史孟艳打了几个电话,总是忙音。

张群峰一想,是自己急昏了头,这次不是自己一家企业的问题,园区那么多厂,都在求助。

果然到了下午,社工的电话回过来了:"你们先理一理用工和防疫需求,复工的申报通知一下来,我们会第一时间发给你们。别着急,我们都会安排好。我们做不了,会找各职能部门,一定给个满意的回复。"

晃晃悠悠的心终于有了几分安定。

就像张群峰想的那样,史孟艳一天接了312个电话,很多微信根本来不及回复。

数不清的问题扑面而来:复工需要什么条件?疫情防控怎么做?人回来了住哪儿?社区进不进得去?隔离期怎么管理?回不来怎么办?口罩、额温枪这类紧缺的防疫物资到哪里去采购?食堂吃饭怎么安排?

80多家企业,2万多人,千头万绪。

社工只有6人。

史孟艳到处联系,脖子上挂着手机,怀里揣着2万毫安的充电宝,以确保手机随时有电。

还好这些年做下来,史孟艳处理过大大小小的问题,各个部门都熟,针对每一个具体问题,她都知道找谁。

为了提高效率,社区请了32名区直属部门机关的党员干部组成"锋领企服队",大家一起整理出了全市第一份企业复工防疫清单,50多个具体的问题分门别类,解释清楚,企业只要照着做就行了。遇到具体的问题,"锋领企服队"还和社工一起分成辅导组、资料组、人员核查组、现场勘查组,帮企业顺利通过查验,尽快复工。

2020年2月10日,园区旭升、拓普、华朔、继峰首批4家龙头企业复工,第一批工人历尽波折终于回到岗位,中层都下沉到一线去帮忙,沉寂已久的流水线重新运转起来……

筋疲力尽的史孟艳有几分恍惚。她在一天之内核对登记了3000多名员工的进出信息,敲章敲到手发软。这会儿园区刚开始热闹起来,看着三三两两的工人迎面而来,好像又回到了社区刚成立的时候,她没有想过有一天会承担这么重要的角色,是时代推着她一步步向前。

◎ 为了每一个具体的人

2022年10月,史孟艳到了北京,成为二十大基层代表之一。

在这之前,园区里每一个熟人碰到她,打招呼时都会问,"要去开会了呀?啥心情?"

她也很难形容得知自己被选上那一刻的心情,惊喜、激动、自豪自然是有的,其实还有一点点意外和忐忑:为什么是我?

是因为总书记来过社区吗?

因为社区党建引领做得好?

因为社区所服务的模具汽配园区就是浙江深入贯彻"八八战略"、走新型工业化道路结出的丰硕果实?

因为社区制定的工业社区标准已经成为省级标准并即将在全国推广?

二十大开幕时,史孟艳的座位被安排在前三区的中间位置。2379人的大会场,不到10米的近距离,报告中字字句句都听得特别清晰。

"必须坚持在发展中保障和改善民生,鼓励共同奋斗创造美好生活,不断实现人民对美好生活的向往。"

这句话很熟悉,史孟艳在不同的场合听到过很多次,但这一次,感觉特别不一样。

她想,她坐在这里,代表的是一直在为美好生活奋斗的广大中小微企业和产业工人吧。

往大了说,报告中强调,要坚持把发展经济的着力点放在实体经济上,推进新型工业化,加快建设制造强国;往小了说,这个泱泱大国,绝大多数普通人都需要通过各种各样的"小厂""小生意"生活。它们构成了中国经济腾飞的最小单位，也成就了平安喜乐的万家灯火。

开幕式后，史孟艳看到了台州的阮玲斐，便主动上去打招呼。阮玲斐是产业工人代表。这位基层代表特别不容易，她是穷苦人家的女孩，从小跟着爷爷奶奶长大，初中没毕业就去厂里打工了，从最简单的装配工开始，一路干，一路学，现在她已经是部门主管，拥有17项国家专利，参与3项国家行业标准起草，获得过全国五一劳动奖章。据说缝纫机是否合格，她光听运转的声音就能判断。

灵峰也有很多这样出身微寒、学历不高的产业工人，所以史孟艳对阮玲斐的成长经历很感兴趣。

阮玲斐穿着黑色小西装，搭着丝巾，笑盈盈地走过来，说之前了解过工业社区的运作模式，想具体问问职工培训是怎么进行的。

两人想到一块儿去了。

阮玲斐是个爽利性格，语速也快，"我刚进厂那会儿真的什么都不懂，不懂就努力学懂嘛，没人教，就天天缠着车间的师傅问东问西。当时也就16岁，他们看我年纪小，不烦。公司也小，人又经常流动，我各种岗位都轮了一遍，绞刀工、擦车工、装配工、试车工、零件进厂检验员、整机质量检验员……"她边说边掰着手指数，自己也笑起来，"一道道工序做下来，缝纫机的基本构造与原理，大概就了解了。"

初中未毕业一直是阮玲斐的心病，所以这些年她一直在学习，也通过自考获得了专科文凭。后来企业大了，也送她这样的"技术元老"去上海复旦大学和韩国、日本等国进修。就这样边学边干，一晃快三十年了。

那些年在自己摸索的过程中，阮玲斐走过很多弯路，吃了很多苦，所以她希望现在年轻的产业工人走得更顺一些，有人引一引方向，拉他们一把。

"这些孩子和我们那会儿不一样，我们就是一门心思干活赚钱。而现在他们选择多啊,不是怕吃苦,只是迷茫看不到方向。批评他们宁可送外卖也不来生产线是站着说话不腰疼,制造业要吸引年轻人,就得让他们看到努力的方向。"

阮玲斐说这些的时候,史孟艳脑海中浮现出很多张面孔。不是张金达、罗礼斌那些当时被选中与总书记面对面、后来屡屡出现在新闻中的"典型",而是那些在园区里迎面走来的,那些在车间流水线上埋头作业的,那些她叫不出名字的大多数。

社区有一个"准匠群",年轻的技术工人入职,就会加入这个群,"准匠"的意思是"将来的大国工匠",社工和他们在群里交流,了解需求。

他们需要成长,社区搭建了"共享课程"平台,免费培训,培训内容、培训时间,企业和工人说了算。单家企业报名人数多,就提供上门服务。

他们需要丰富的生活,社区就推出暖心服务:共享食堂、相亲会、留守职工迎新活动、篮球赛……

最让史孟艳骄傲的不是被反复报道的那些:罗礼斌通过人才落户补贴买了房;张金达又回到母校参加校招,向学弟学妹们介绍宁波。她印象最深刻的一件事是2022年中秋节在旭升的相亲会。来相亲的小伙都是园区各企业的产业工人,来自五湖四海,姑娘大多是本地人,来自北仑的各企事业单位。

在现场,记者随便挑了个年轻工人采访:"想找个什么样的姑娘?"

那个工人笑了,"找啥呀,我娃都两个了,刚从老家接来。我就是盯着我们车间那几个'单身狗'来,他们的终身大事我得管。"

记者有点意外:"你这么年轻管多少人?"

小伙不好意思挠挠后脑勺,"也就一个大车间,近200号人吧。其实也不年轻了,我是1993年的,来旭升七年了。"

"那你来的时候是……"

"我初中毕业到处打工，2015年到这里发现工资还算稳定，就留下了。有培训我就去学，学着学着就升职了，升了四次，来的时候工资四千多，现在到手一万三。"

在旁边的史孟艳一直记得记者眼里的惊讶。她给很多人讲过这件事，而阮玲斐的话就是她心里想的："我理解，你觉得最骄傲的不是那些励志传奇，而是在园区随便拉出一个工人，他都很有干劲，觉得生活有奔头，未来有希望。"

"个人努力，再加上社会赋能，产业工人成才的机会就会更大。"

还有一件事让史孟艳深有感触，在参观"奋进新时代"主题成就展时，她遇到了浙江省海港集团、宁波舟山港集团党委书记、董事长毛剑宏，两个人兴致勃勃地在总书记去港区考察时的照片前合了影。有记者在，史孟艳以为毛剑宏会好好介绍一下宁波港的硬核力量，分享一下总书记来过之后两年多的发展变化。但他一上来就提到了一个常常被忽略的群体——集卡司机。"要好好谢谢你们社区，在疫情期间对他们这么照顾。"

思绪一下子被拉到了2022年年初北仑发现新一轮疫情的时候。消息来得太突然，在灵峰工业园区卡口附近，集卡车一下子排起长龙。冬日寒夜漫漫，司机面临吃住难题。史孟艳带着社工和志愿者挨个儿去敲他们的车窗，送棉被。

"师傅，您从哪里过来？核酸有没有做？"

"师傅，这是我们为滞留在园区的集卡司机建立的微信群，请加一下，有各类消息我们会及时推送。"

有司机诧异地看着她们："不是来贴封条的吗？"

"不贴，就送棉被，扫码加群。您需要热水吗？看群里的消息，我们保障热水的。"

"你们不怕？"

"我们做好防护了,大家都要好好的。"

他们敲开了一扇扇车窗,在社区搭建"集卡司机微网格",及时汇总需求,为他们解决生活之忧。

史孟艳很意外,毛剑宏记得这么一件微不足道的事。但他说,这是一件很重要的事,北仑是宁波舟山港核心港区所在地,平时从全国各地来来往往的集卡司机有2万多名。他们是宁波舟山港物流服务环节上不可或缺的一环,关系到全球供应链的顺畅。他们也是一个个具体的、努力的且不可或缺的劳动者,和生产线上的产业工人一样,应该得到尊重和照顾。

之后两人也有了几次交流,毛剑宏说他们的工作有相通之处,就是服务。为国家战略服务,也为每一个具体的人服务。

2005年,宁波舟山港挂牌成立,习近平总书记揭牌时说,"港口兴,则城市兴;港口兴,则经济兴。"当时毛剑宏觉得这句话很宏大,如今一步步走来,看着航线、海铁联运班列一条条增加,集装箱吞吐量不断攀升,基础设施升级换代,临港产业日益壮大,看着越来越多人的心血一步步融入"一带一路"、长江经济带、长三角一体化发展,他越来越觉得,每一种具体的进展都关联着国家战略,也关联着背后的万千家企业和无数个具体的人,关系到他们的生计和生活,就业和事业,未来和梦想……

2020年,在宁波舟山港调研后不久,习近平总书记根据对新形势的思考,提出"构建以国内大循环为主体、国内国际双循环相互促进的新发展格局"。而宁波正处在双循环的枢纽之上,依托港口之兴、开放之先、制造之强,为共同富裕打下坚实的物质基础,努力实现每一个人对美好生活的向往。

"共同富裕要靠共同奋斗,每一个努力的人都应该被尊重。"和毛剑宏交流的时候,史孟艳脑海中浮现的场景,还是当时疫情缓解城市解封时,集卡车排队缓缓离开时的场景,车灯连起一片明亮的光带,让人眼眶一热。

老百姓朴素的说法是,高速上来来往往的集卡车越多,说明经济越好。当每一个人都付出了艰苦卓绝的努力,一切终于慢慢好起来。

后来又发生了很多事,或许还会有更多的挫折与风浪,但人们都相信,大港会一如既往的繁忙,集装箱会继续来来往往,传递港通天下的荣光;东海依然如一千多年前那般,等着下一艘航船的到来;向海而生的人,总有力量冲破樊笼,融入世界,在开放的最前沿,推动沧桑巨变。

第二章

年轻的村庄

最美的家乡应该就是这样的,保留着独特的建筑、文化、传统,保留着家族生活的痕迹和一代代人童年的记忆。

乡村就是乡村,它不该变成一个城市的赝品。

第二章　年轻的村庄

说到乡村,很多人首先想到的,是从小长大的故乡。

我记得多年前采访过诺丁汉大学一位研究现代文化遗产数字化的博士生,她用 VR 技术做了一个名为"外婆家"的项目。

这位宁波姑娘从小在乡下的外婆家长大。童年的记忆里,屋门口有一条河,河边错落着一块块田,春天马兰头郁郁葱葱,黄色的野花开得如痴如醉。

她去城里读书,赴海外留学,异国他乡,每个城市都有着相似的面孔,高楼林立、霓虹闪烁、车水马龙,陌生又熟悉。那些年,她看到过很多田野被楼盘和公路交错分割,很多河流被填没,远山和夕阳被密集的高楼挡在了视野之外。

有天在一个展览上,她遇到个来自家乡的老音乐家。老人旅居海外多年,由于身体原因不能再回到故乡了,问她有没有老家的照片。不是已经改造得和城市相似的"新农村",而是以前老房子的照片,他就想看一看自己长大的地方。

她被这个想法触动,回国后做了"外婆家"。戴上 VR 眼镜,你可以看到熟悉的江南农村:清澈的河水从屋前缓缓流过,边上有口大水缸,门口摆着竹椅。屋里一口大灶,锅架在火苗上,水开了,咕嘟咕嘟冒着泡,热气弥漫……

她说最美的家乡应该就是这样的，保留着独特的建筑、文化、传统，保留着家族生活的痕迹和一代代人童年的记忆。

乡村就是乡村，它不该变成一个城市的赝品。

当时，有人说"海归"太不接地气，"农村那么好你为什么要出去？你享受到了发展的好处，怎么不为留在农村的人想想？他们难道不想过上城里那样富足、方便的生活？难道为了所谓的'美丽'就一直苦等下去，等到年轻人都离开？"

她没有反驳，她也承认记忆过滤掉了很多东西，比如随处可见的垃圾，那条一直在缓缓流淌的大河，水其实没有那么清，河边搭了鸭棚，路过的人一不小心就会踩到鸭粪；还有那个臭烘烘的粪坑，喜欢恶作剧的男孩冷不丁扔一个小鞭炮进去，马上蹿开，等着听"啪"的一声，带来不可描述的味道。她也故意忽略了那些千疮百孔、漏雨、漏风的老房子，还有那个总是孤苦伶仃一个人，到死都没等到打工的儿子回来的邻居奶奶……

在很长的一段岁月里，乡村是底层、边缘的代名词，一头是日益荒凉、寂寞的空心村，一头又连着那些在城市边缘起早贪黑、在火车站奋力挤拼的无数农民工。

那是好几代人努力想离开的地方。

但是，如果没有乡村，没有故乡维系、展示我们过往的岁月和曾经有的生命痕迹，我们的奋斗，那些所谓的成功和失败又有什么意义呢？

而中国人的根就在乡村，"归田园"也是中国人骨子里的生活理想。所以，乡村迟早会迎来价值回归。

什么是乡村振兴？财经作家秦朔说，"那不只是大城市专家们谈论的产业，也不只是城里人关心的节假日去哪玩，更不是人们普遍质疑的违背市场经济规律……天大地大，都大不过生活，那广袤大地上的人和生活，才是'振兴'的源起与目标。"

那些生活的变化,或许是从看得见的环境开始的——

2003 年,浙江开启的农村人居环境系统整治"千万工程",就是从三个"有味道"的词开始——垃圾、污水、厕所。因为抓住了这三件小事,2018 年,联合国环境规划署授予浙江最高环保荣誉——"地球卫士奖"。而宁波一直走在全国全省前列,截至 2022 年底,宁波市累计创建省级美丽乡村示范县 8 个、示范乡镇 78 个、特色精品村 231 个、美丽庭院 31.2 万户,新时代美丽乡村基本实现全覆盖。

眼下,浙江打造"千万工程"升级版,未来乡村已成为共同富裕现代化的基本单元。着力点也从当初的三件小事,拓展到了产业、风貌、文化、邻里、健康、低碳、交通、智慧、治理等领域。

还有一些变化没有那么直观,但真真实实地发生着,而宁波交出了一张很漂亮的答卷——

比如农业现代化水平全国全省领先,农林牧渔业总产值从 2003 年的 173.6 亿元增长至 590.5 亿元,稳居全省第一,年均名义增长 6.7%;全市农业机械化率、水稻耕种收综合机械化水平位居全省第一。

农村改革全国全省领先,农村集体产权制度改革成为全国试点,象山县成为全国农村宅基地制度改革试点。

宁波地区的农民收入全国全省领先,农村居民人均可支配收入从 2003 年的 6221 元增长至 2022 年的 45487 元,居全国 35 个大中城市首位,年均名义增长 11%。

城乡融合发展水平全国全省领先,推动城乡基础设施同规同网、互联互通,基本公共服务标准统一、制度并轨,民生事业发展水平走在全国前列。城乡居民收入倍差从 2003 年的 2.29 缩小至 2022 年的 1.69。农村标准化学校达标率、物流点覆盖率、农网供电可靠性和城乡同质化供水覆盖率均达到 96%,村级医疗卫生机构规范化建设率达到 83.7%。

这一切是如何发生的？一个个村庄是如何在经历衰败、离散后走向更新和重生？这些变化中有哪些和现在与未来相关？

我们选择从一群"80后""90后"甚至"00后"年轻人的视角去讲述，因为他们是乡村振兴的中坚力量，正为建设理想中的故乡而努力。

这一代人大多是独生子女，背负着家族的希望长大。很幸运，改革开放改变了许多家庭的命运，父辈们奋斗一生，努力把下一代推向一个更大、更开阔的世界，让他们有更多的选择和更高的眼界。通过他们的视角，我们可以更清晰地看到，那个记忆中的故乡是如何一步步接近梦想中未来故乡的模样的。

◎ 平平无奇的村庄

2012年，郭诚军考上永旺村后备干部。第一天去报到，他心里七上八下的。

他原来是不抱什么希望的，这次报考的人里面，有基层工作经验的很多，大家都说书记喜欢能说会道的，也不知道为什么，最后还是定了他。

"因为你年纪轻，又是大学生。"叔叔说，"既然选上了，就不要东想西想，好好干。"

当时的书记姓周，又高又瘦。那天郭诚军一进他办公室，正赶上书记找人商量事，好像挺烦的，屋子里烟雾缭绕，他一下子被呛得喘不过气来。

郭诚军按照叔叔的叮嘱，客客气气地叫书记"阿坤叔"。叔叔说，永旺村的历任书记一般都是本村人，只有这位叫周珏坤的书记是街道过来的，不知底细，但他的能干是有口皆碑的，他要求很严格，但态度诚恳一点总是没错的。

周书记笑眯眯地请他坐,问了他对永旺村的印象:"你从小在这里长大的,应该最有感情。"

郭诚军小心斟酌着措辞,不晓得怎么说才能给他留下一个好印象。

好像没有什么好说的。网络上,永旺村的介绍只有这么简单的一句话:"浙江省宁波市镇海区庄市街道下辖村。"镇海是院士之乡,庄市是商帮故里,但偏偏永旺村平平无奇,没有出过广为人知的名人。而且,这里没有特别漂亮的山水。郭诚军小时候的记忆就是大片大片的稻田,一年又一年,稻子青了又黄,夏风吹过,下面蛙声一片。

农村的孩子,半大不小的时候就跟着父母插秧,凌晨两三点就出门,趁早上清凉,弯着腰将秧苗一小把一小把地从田里拔出来,凑成一束,放在水田里哗啦哗啦洗去根部的泥巴,扎成一束丢在身边。太阳出来以后便插秧,一边快速把一撮撮秧苗按进泥巴里,一边弓着腰往后倒退。草帽下的汗水顺着额头流进眼里,一阵刺辣……

从小在这里长大的郭诚军知道体谅农民的辛苦,对这里也有感情。但实事求是地讲,这就是一个资质平平的村庄,以前家家守一块薄田过日子。到了20世纪90年代,因为这里离城区和高校都近,心思活的人都出去谋生活,郭诚军的妈妈也到外面去开了厂,接着房子拆迁,一家人搬到了城区。

2012年,郭诚军回来的时候,看不到大片的稻田了,种地的都已经换了陌生面孔。

在报考后备干部之后,郭诚军了解过村里的情况。如今本地人都不大种田了,耕地都被租赁给外来种田客了。那一片250亩的土地,至少由23户种田客在租种。一开始是浙江台州三门县的人来种,后来也有几户是安徽来的。

郭诚军倒不在意谁来种地,他就是觉得现在的农田和自己记忆中的差距太大了。那些地里,有的是大棚,有的是露天作物,东一块,西一块,像一个个补丁。田边又搭了高高低低的棚屋,有的是住人的,有的是猪舍、鸡窝、狗屋,还没走近,就闻到一股难闻的气味,接着鸡飞狗叫,好不热闹。

郭诚军强忍住不适:"我记得以前这里是种稻的,怎么现在弄成这样?"

来自三门的种田客嬉皮笑脸地看着他:"种稻真没花头,大棚蔬菜还能赚点辛苦钱。你们坐办公室的人用不着常来,反正眼不见为净。"

租田给他的村民是郭诚军以前的乡亲,说到这件事,他摇头叹气:"弄不好了。"

他说种田客住的是原来允许搭的管理棚屋,这些棚原来是用来放工具的,但这些外地人为了节省成本,就这里加固一点,那里扩建一点,越搭越大,拖家带口地住了进去,顺带还养鸡、狗和猪,吃喝拉撒都在农田里。有的搭了棚还租给"破烂王",搞得乱七八糟,看着也不成样子。

"那你们不去说?为什么不让他们搬走?租给别人不行吗?"

"说有什么用啊,人家都是办了暂住证,小孩都在这附近念书了,怎么肯搬。"

这位乡亲也劝郭诚军不要管这些闲事:"他们都是连成一派的,管不了。他们不租,别人也不敢来租。"这是一方面。另一方面,除了弄得脏了一点,他的租户还算老实本分。"那些头脑活络的,这么多年下来吃准了我们农户无心打理农田,压低土地租金,有的已经欠了好几年的租金。我们那一户倒是年年按时付租金。六百八百一亩,说实话倒也不缺这个钱。但年年有,总是好的。而且他们确实也是赚的辛苦钱。"

这样几圈走下来,郭诚军心里也清楚了。这些问题,不是一朝一夕可以解决的。所以书记问他的时候,他回答得中规中矩,只说永旺村和他小时候印象中的不太一样了,他会好好干的。书记点点头,笑眯眯的脸上看不出什么态度。

◎ 当一个海归决定卖面条

郭诚军把回乡称为命运的安排。"说到底是运道好考上了,要是考不上,现在还不晓得在哪里晃。"

他在海曙区章水镇樟村交流的时候,认识了卖切面的"樟溪小娘"徐佳宁,听说人家是"海归",他便开玩笑道,"你不会是想念家乡的切面才回来的吧?"

徐佳宁点头,"对啊,小辰光爸爸妈妈忙,外婆照顾我,总做切面给我吃。"

郭诚军笑笑,觉得这是刻意打造的"人设",心里并不当真,但这不妨碍他买了一堆切面回来。

徐佳宁也知道他不当真,很多事三言两语说不清楚。2017 年,儿子不到一百天,她舍不得丢下儿子去上班,就和爸爸说,想在他厂里辟出个车间来做切面。爸爸不置可否。

有天中午,徐佳宁带着宝宝午睡。爸妈以为她睡着了,在外说着她的事。

爸爸说,"她怎么不像你,你当时多爽快啊。说给她断奶就断奶,自己跑到温州学手艺去了。"

妈妈说,"那时候日子多难过,村里的厂发不出工资,不然我也舍不得丢下她到外面找出路。"

爸爸说,"她不想回去上班,跟着你或跟着我做都行。要做切面,何必大老远留学去?我们樟村谁不会做切面?我们又不像人家做了几代。一个什么都不懂的小姑娘,能做出什么名堂?"

妈妈停了一会儿说,"她想做就支持她吧。至少樟村空气好,还能多点时间陪小孩。她小时候我们都忙,顾不到,她有什么心思也不大跟我们讲。但是我猜得出来,她自己小时候太孤单了,所以不想当一个我这样的妈妈……"

徐佳宁有一搭没一搭地听着,看着身边熟睡的宝宝,心里潮潮的。

徐佳宁的妈妈是一个好妈妈,就是太忙,天天不着家。徐佳宁小时候由外婆照顾,但外婆也忙,没工夫烧饭就做切面,加点葱花、酱油,煮一碗阳春面,或加点肉丝、胡萝卜,做炒面。徐佳宁觉得自己不够被重视,心里委屈。当时的她没想到,多年以后,当她远赴荷兰鹿特丹商学院留学,喝着全世界有口皆碑的牛奶,吃着食料、工艺都考究的牛角包时,反而又念起儿时嫌弃的味道来。

她一遍遍在谷歌地图上搜索家乡：樟村。四明山脚下,那个小小的、满眼绿意的古村是著名的红色教育基地,是当年"浙东刘胡兰"李敏牺牲的地方,800多名烈士长眠的烈士陵园。樟溪河潺潺流过,天气好时,河边晒着刚蒸出来的切面,一盘一盘的金黄色,晾在竹盘上,在阳光下散发着热气,空气中有了一股淡淡的清香。

上初中寄宿后,徐佳宁不大吃切面了。留学前有次回家,爸爸到村头买了一份,她漫不经心地尝了一口,这面加了一点点酱油、肉末和豆芽,也是寻常做法,但特别劲道,干湿度恰到好处,酱油微微渗入,入口一股浓香,钝而厚。这是她第一次觉得切面味道好。那些年在外头也吃面,牛肉面、海鲜面、炸酱面,还有西方的意大利面。这些面好吃,大多是因为浇头讲究,或者汤浓、酱地道,只有他们樟村切面,味道完全不依赖汤汁,全由面体一力承担,就像樟村出来的人一样,无所倚仗,单枪匹马,赤手空拳搏一番天地。

这里是革命老区,位置偏僻,交通不便,土地资源少,无法大规模地发展工业；挨着皎口水库和周公宅水库两座城市水缸,也不允许大规模地发展养殖业等产业。很多村民只能外出闯荡一番事业,徐佳宁的妈妈就是这样的人。徐佳宁也想像妈妈一样独立,从高考到留学,再到结婚生娃,都是自己拿的主意。直到徐佳宁回樟村坐月子,妈妈指挥爸爸在楼顶铺了一块地，专门给她种菜，这是她小时候从未有过的待遇。

月子里的徐佳宁很想念以前爸爸给她买的炒面，但再买回来，却已经不是原来的味道。爸爸说，之前镇上开小吃店的姚大姐，现在两个儿子都大学毕业了，人家要享清福啦。

就是从那时起，徐佳宁有了做樟村切面的念头，既能多陪陪儿子，又能延续家乡的味道。

樟村切面是海曙区的"非遗"，有上百年的历史。"余姚的梁弄大糕可以做得那么有名，为什么樟村切面就不行？"

她还专门去梁弄"取经"。梁弄也是革命老区，梁弄大糕已有四百多年的历史，当年还是皇室贡品，有的店家打上"不忘初心"等字样，做成"红色"大糕，这些优势切面都不具备。切面最早就是给干活的人吃的。以前夏收夏种，农时较紧，劳动力不足的人家需要亲戚朋友来帮忙，都在田里没工夫烧吃的，就提前做好切面，煮一煮最方便。来历简单，好像没什么故事好挖掘。

茫然之际，徐佳宁在梁弄认识了另一个"海归"——横坎头村的黄徐洁。讲到留学经历，两人很有共鸣。黄徐洁读研的学校位于德国中部萨克森-安哈尔特州风景如画的科腾。她最受不了的就是那里的冬天，下午3点多天就黑了，"又冷又饿，我就流着哈喇子想家，想妈妈做的红烧鱼头、三鲜汤、香喷喷的手工包子……回来后我就在余姚市区开了梁弄大食堂。"

食堂里有梁弄好吃的冬笋、胖头鱼、河虾以及乡亲们养的鸡鸭和猪。一开始生意也不好，后来黄徐洁想到了个广告："10元吃饱，15元吃好，20元吃不光。"余姚方言一念，朗朗上口，口口相传，倒是招徕了不少人气。2016年春节后，梁弄大食堂入驻了"美团"和"饿了么"，2017年度还拿下"饿了么"美食销售冠军。黄徐洁说，她卖的都是梁弄土滋味，她觉得味道正宗、货真价实是最好的推广。

徐佳宁很受启发。樟村切面也是乡土滋味，是很多人记忆里的味道。它为劳动而生，也是嫁女、做寿、坐月子时的"硬通货"，未必要一开始就包装得多么高大上，不如先把面做好吃，做出口碑再说。

◎ 浒苔与大黄鱼

梁弄大食堂菜品丰富，丰俭由人。最受欢迎的菜中有上档次的，比如雪菜大黄鱼；也有便宜甚至白送的，比如苔菜花生。黄徐洁和徐佳宁后来参加了海外留学归国人士创业发展促进会，认识了留日"海归"朱文荣，才知道这两道菜其实都和他所在的象山县黄避岙乡高泥村有关。

朱文荣是江苏人，2008年作为象山的引进人才来到高泥村，在这里办了一个加工浒苔的厂。

厂建起来，朱文荣和高泥村的老书记严兴国商量，组织大家去海里捞浒苔，一年捞三四个月，他来收购。

浒苔，有人叫海藻，也有人叫苔菜，本地人叫苔条，这是地球上最古老、最顽强的生物之一，一长一大片，会阻碍阳光空气，蛏子、毛蚶之类的小海鲜就养不起来。除了偶尔炒个年糕，拌个花生，也只能用来喂鸡、喂猪，一毛钱一斤都没有人要。

"捞这个有什么用？"

朱文荣实诚，告诉大家日本人收苔菜，加工好就是高级调料。

他当时想得好，5毛钱一斤问当地人收购，远远高于当地的价格了，大家都有钱赚，皆大欢喜。

"我们不要的，日本人要，要出大价钱买。"这句话立刻传遍了全村，大家都说，跟着这个从日本回来的留学生可以发财。传来传去，味道就变了。

朱文荣的车子开到村里,就开不走了,浒苔突然走俏,村民疯狂采捞。本来只能装 3000 斤,可是大家足足捞了 7000 斤。

有的浒苔已经很老了,混着泥沙,一坨坨堆在那里,不收走,就不让走。

朱文荣傻了眼:"我只能收 3000 斤,多了消化不了。"

老汉下水时的雨裤都没脱,全身湿答答的,头发一缕缕搭在脑门上,一屁股坐在车前:"老板你说要,我天没亮就带大家去捞,捞来你又不要,是耍我们?"

朱文荣解释不是这个意思。这个浒苔,是要出口的,只能留嫩的。质量不过关的,就是废品,收来也没用。

几千斤的浒苔堆在厂外面,不收就不走。村民也有自己的理:苔条就是苔条,晒干了,碾碎了吃,有什么好不好的,不要仗着多念了几年书就来糊弄我们。

他们不相信这个年轻的外乡人。还有人说,他就是为了在日本人那里多赚钱,故意压低价格。

"厂就开在我们村里,浒苔和人都是村里的,照顾大家不是应该的吗?"

朱文荣觉得和他们说不上理,只得又向书记严兴国救助。严书记在村里有威望。1987 年,高泥村边的西沪港成为海水养殖试验区,他是村里第一个尝试养殖石斑鱼的,用铁丝、钢筋、柴油桶等材料做了 10 个简易网箱养鱼,当年就净赚了两三万元。在他的带动下,村民们争先恐后搞起了网箱养殖,到 1996 年,高泥村的养殖户已有 150 户,有 6500 个网箱。那一年严兴国还被评为省劳模。2003 年,严兴国等 4 名养殖大户共同出资成立了公司,并到韩国考察活鲜水产市场,接到的订单大多分给村里的养殖户,自己不拿一分钱差价。朱文荣知道他大公无私,他讲什么,村民基本上都是听的。

但都是乡里乡亲,严兴国也觉得为难,因为那几年刚好是村里养殖户日子最难挨的时候，大家都不容易。早在 1997 年，宁波市海洋与渔业局和企业合作的宁波海湾水产苗种繁育中心就落户在高泥村，第二年就培育出了闽粤东族大黄鱼，公司成为浙江最先自主繁育出大黄鱼苗种的企业。之后象山便兴起了大黄鱼养殖热。网箱越来越密集、水质变差，再加上亲鱼均来自闽粤东族同一种源，近亲繁殖退化明显，鱼类成活率逐年降低。而且养殖大黄鱼活动量小，脂肪含量高，口感也不好，市场价格从一开始的每公斤 200 元降到 30 元以下，养殖户损失惨重。

朱文荣向严兴国诉苦，严兴国留他在家里吃饭，叫来了宁波海湾水产苗种繁育中心的副总徐万土。徐万土是象山高塘人，毕业于宁波市水产技术学校。严兴国觉得技术人员有共同语言，但其实两人专业不同，徐万土面上不说，心里还是觉得苔菜再好，毕竟不是主流，当务之急还是大黄鱼。

菜就是当地的海鲜，养殖的黄鱼端上来，朱文荣吃不出好坏，徐万土和严兴国又一番感慨，说怎么也吃不出以前的味道了。

外地人很难理解宁波人对黄鱼的感情，严兴国又说到了以前的鱼汛："那个时候的大黄鱼真是捞也捞不完啊。"记忆像潮水一样打开就停不下来。他说大黄鱼会叫，九腔十三调，高音时咕咕咕，低音时吱吱吱，随着潮水涨落，鱼群聚散，黄鱼调子也千变万化。有经验的船老大伏在舱里听声，耳朵紧贴船底，集中精神，若是听到了密集的叫声立刻下网，往往能渔获满舱。捕捞黄鱼和别的不同，只能在晚上，否则鱼就不黄了。那么多星星点点的渔灯在海面上晃荡，比天上的星星还要好看。鱼汛来时，那一片金光闪闪，是他记忆里最美的画面。

关于黄鱼的事，朱文荣多少了解一些。从 20 世纪 70 年代开始，因为捕捞技术发展太快，大黄鱼捕捞量年年递减，后来鱼汛完全消失。后面养殖的闽粤东族大黄鱼是从福建引进的，口感都要差很多。所以徐万土所在的繁育中心在集中精力培育岱衢族大黄鱼的鱼苗，他每过段时间就要去次舟山,到东极岛一带采捕亲鱼。

朱文荣想想就知道这是个苦差事:"能带回来的不多吧?"

徐万土叹气,每趟去都掉层皮,那个地方偏,来去一趟要坐八九个小时的船,又是出了名的"无风三尺浪,有风浪过岗",常吐得脸煞白,但根本顾不上自己。因为大黄鱼比人娇贵得多,不管是捕捞还是运输,受一点点伤就会死。徐万土前后吹了两年的海风,2007 年运到象山养殖基地的 11 尾,2008 年 16 尾,加上各种损伤,最后可繁殖的亲鱼只有 8 尾。

"不容易不容易,"朱文荣肃然起敬,"养黄鱼我不内行,但是我母校有这方面的专家,你若需要,我帮你联系!"

"那要感谢朱博士多多支持。"严兴国和徐万土都举起了杯,"为大黄鱼喝一个!"

◎ 清退种田客

在永旺村,郭诚军对书记更加毕恭毕敬。

他干了一段时间的文字工作,渐渐地把这里的情况摸透了 —— 在他来之前两年,也就是周书记刚调来的 2011 年,永旺村还是区里挂帽的"集体经济相对薄弱村"。村里的年收入只有 67 万元,村里有 20 多家企业,但真正按时足额上缴租金的没几家。此外,征地、拆迁和附近工程渣土乱倒的问题引来重重矛盾,不断有村民上访……

郭诚军虽然年轻,没什么基层工作经验,但想想也知道,桩桩件件,哪个都是难啃的骨头,所以街道才派做了多年信访办主任的周珏坤来临危受命。

周书记确实有一套。郭诚军来的时候,那些企业的应缴款基本上都交齐了,据说是从党员开始,挨个儿谈,然后坐下来一起开座谈会,把最终的缴纳方案敲定了。对于个别催缴多次都无动于衷的老赖,也不顾情面了,就起诉到法院。这么一来,村里的年收入提高到了200多万元。

村里人都说,这个书记不是本村人,所以做事狠得下心来。

还有传言说,永旺村就是个烫手山芋,书记自己也不愿意多待,这次招后备干部,就是想招个接班人,没想到他看中的人没来,招了小郭这么个年轻的大学生。现在估计只能由副书记接班了。

在这样那样的传言里,郭诚军压力挺大的。他按照叔叔的建议,多看、少说,把被分配到的任务不折不扣地完成好。

2014年年底,全市农村开展环境整治"百日攻坚"行动,要求达到"四无"目标,其中"田间无违章建筑、无杂物堆放"一条,周书记让小郭负责。

郭诚军从此忙得昏天黑地,今天说服租户拆棚,明天安排人清理垃圾,每天像打地鼠一样来回跑,哪里脏乱就打哪里。特别是每回市里检查前,他更是夜以继日地扑在村里,嘴角生起了一个又一个的燎泡,总算战战兢兢地把"百日攻坚"应对过去了。

周书记表扬他做得不错,轮到村里换届,在大家的选举下,郭诚军进了村委班子。但他没有沾沾自喜:前前后后花了十几万元清理工程款,就为了维持一百天清爽,实在有点得不偿失。

果然,不出三个月,田头的垃圾杂物又回来了。

周书记来了以后,村委就多了个规矩,班子成员每周一开例会,他觉得这是凝聚人心的一种方式,鼓励大家畅所欲言,说好说坏都不要紧。郭诚军思量再三,说出了自己的真实想法:"检查一次清理一次,终归是治标不治本的。我们花了那么多工夫,只换回三个多月的干净,有点不值当。"

周书记在烟雾中眯着眼:"是不值当,所以我们得想个治本的办法。把土地全部流转过来,由村统一发包经营可不可行?"

郭诚军不是那种没把握就拍胸脯打包票的人:"这些种田客,都赶得走?"

周书记把烟头掐了："不行也得行。这碗饭给端起来，就得吃下去。"

不久以后，街道干部便协调农业局、土地管理局等部门到现场查看，土地流转的方案很快就出来了，租金参照区政府林带用地每亩每年800元。

郭诚军心里还是没底：他老早就打听过了，租田客的租金也是这个数，他们在价格上没有特别的优势。

果然，很快他的那位乡亲就来说了："不是我们不想租给村里，租田客一听到消息，说愿意提高租金到每亩每年1000元。我不是贪这个钞票啊，但人家租了很多年，还是讲信用的，我也抹不开面子。"

周书记客客气气给他递香烟："印象中你和我上下年纪，50出头了吧？"

对方笑道："乱讲，我明年就60了。"

"看不出看不出，"周书记点头，"那你还是把田租给我们划算，村民土地全部流转给村里的，享受政府对失土农民的有关待遇。到60岁，有养老优惠政策保障。"

郭诚军看对方不响，赶紧帮着说，"还是租给村里放心，租金一付五年，合同一签订即付，绝对不会赖账。钞票总是先落到袋里安心。"

对方犹豫着点头："种田客要同意搬，我当然支持村里的工作。他们要不同意，我也没办法。毕竟人家租了这么多年，我看着他们小孩从地上爬到现在马上念初中，没有感情也处出感情来了，让我出面去赶，这种事情不好做的。"

周书记说："你不反对就好，恶人由我这个外人来做。"

恶人不好做。到种田客住的棚里去，先要过狗那关。你盯着它，它也盯着你，横竖不让进，拿吃的讨好没用，拿伞吓唬也没用，走到哪都往你前面一横，气势汹汹地叫几声，好像笃定主人在背后撑腰。

自国家征收土地青苗补偿标准下来，郭诚军看了很多冷面孔："这点补偿就想把我们打发了？想也不要想。"

周书记反复强调,不要怕上门做工作,要让种田客感受到村里收回土地的决心。郭诚军和同事们挨家挨户地解释:按实际种植面积、产量、品种计算价值,并给予他们在本季收获后再交还土地的承诺,其他补偿按有关成文规定严格执行。到最后,狗看到他们都熟了,摇头晃脑不那么凶了,但工作还是难做,来领款的不到一半。

"他们根本就没有走的意思,"熟人悄悄告诉郭诚军,"本季番茄刚收,马上又种了玉米。"

"我们也要有动作,"周书记说,"先易后难,拆一个是一个。"

施工队热热闹闹地进村了。那些配合工作领了补偿款的,村里帮他们一起搬家。施工队声势浩大地进场拆除棚屋。

但不走的还是不走。

剩下的10来户反而更团结了。村里的工作人员不管进哪一户,其他几户都会一窝蜂围上来,嗓门一个比一个大,就差没指着鼻子骂了。

讲政策规定,讲法律依据,没人理这一套。

周书记底气很足,在各处场合放话:"我们与村民有流转合同,这是底气;补偿有政策规定,这是依据。你们抱团是利益驱使,如果你们一直规规矩矩,没有这么脏乱差,我们也不会下这个决心。你们不搬就上法院!"

种田客带了几个膀子上文着青龙白虎的人砸开了书记的门,围住周书记,吓得郭诚军要报警。

周书记倒不慌,冲他摆摆手:"好谈的,好谈的,这么点小事先不要报警。"

对方有点意外:"你不怕?"

周书记指着被砸坏的门:"门坏了你总不好叫我自己修吧?你回头叫人把我门修修好,这事就过去了。搞到派出所,又是一桩麻烦事。"

对方皮笑肉不笑:"这事过不去!"

周书记也不着急:"这事早晚要过去的,你天天来也没有关系,有困难尽管提,我们能帮的就帮。但村里流转土地就是大势所趋,势不可当。"

这时,指挥拆棚的工程队队长闯进来,摘下自己的安全帽狠狠地往桌子上一甩,说道:"按政策该给的都算给你们了,你们还赖着不走,我们工程队也要吃饭,想饿死我们啊!"

一群农民工跟了进来,站了满满一屋,个个都身强力壮,锃亮的脑门和凶狠的眼神倒也唬住了不少人。

周书记像是真怕打起来,一副大事化小、小事化了的面孔,叫工程队队长先回去,把种田客留下来。

郭诚军记得,那几天种田客跟着周书记上班,到点来,下班就走。他担心,时不时去看,见他们有时候聊几句,有时候不响,就抽闷烟,倒也没有剑拔弩张地打起来。过了几天,周书记叫他打电话找郑总来。

郑总叫郑荣希,60多岁了,看起来不太像个"总",和田间地头的种田客没什么两样,但在很多人心里,他比书记和村主任都有威信。

他也是台州三门人,年轻的时候做养蜂人,天南海北地跑,赚了点钱,在山东放蜂的时候,留意到寿光有全国最早最大的大棚蔬菜种植基地。养蜂日子孤单,他就跑到棚里和农户聊天,有了点心得。后来见有老乡在镇海庄市种地,也跑了过来。那时镇海多是露天种植,只有他搭起了大棚,一下子就承包了170亩地,那在1997年还是个新闻。

之后,郑荣希几乎步步都走在人前面。

2001年,他成了镇海第一个"无公害"种植户。2002年,他又注册了镇海第一家农业蔬果基地——庄市街道繁荣瓜果蔬菜试验示范场。到2011年,繁荣示范场已经扩大到1800亩,大棚种蔬菜瓜果的农户越来越多,郑荣希热心肠,别人有难题都愿意帮忙,后来索性就成立了一个绿丰农产品专业合作社,138户农户加盟。种子、化肥、农药都是统一采购,繁荣示范场输出技术并负责销售,农户只要按规范种植就可以了。

2012年,郑荣希被中国科学技术协会、财政部授予"全国科普惠农兴村带头人"称号;第二年繁荣示范场建起农民培训教室,每年都有数以千计的农民兄弟姐妹在此接受种植技术培训和分享病虫害防治经验。永旺村有些三门种田客,也是这里的学员。

周书记在街道时就和郑荣希有交情,拜托他做种田客工作。郑荣希便把几个老乡叫到自己农场吃饭。那时,他刚引进了智能喷滴灌控制系统,还有测土配方实验室,都是智能设备设施,洋气得不得了。几个老乡看得眼红,叹道,"种田种成这样,才算种出来了。"

"种田,放蜂,都是风吹日晒吃苦头的。我老早就在想,一世人生忙到头,总要有点变化。开头的时候苦点、邋遢点,是环境所迫,没办法,十几年辛苦,就是为了可以体体面面的,要是现在还为了省钱,过以前一样的日子,十几年就白忙了。"郑荣希说。老乡知道他要做说客,都不响。

郑荣希倒满酒,一个个敬过去。都是三门老乡,都是种地的辛苦人,他自然要照顾。村里土地流转也是大趋势,光靠几个人"死抗",最后弄到法院打官司,大家都没好处。不如顺势而为,换个地方去种,像模像样找个住的地方。要是看得上他的农场,就到他这里来帮忙,他提供岗位。

老乡们没说好,也没说不好。郑荣希也不多啰唆,继续倒酒,聊了一些三门老家的闲话,又提到一个亲戚青蟹丰收,送了一些过来,"只只肥,回头你们一人拎一袋回去。"

几天后,三门的几个种田客都签了协议,领了补偿金。剩下的两户,见大势已去,又提了些细枝末节的要求,周书记一番协调周转,尽量想办法。

后续的事情,周书记放手让郭诚军去做。他叮嘱小郭,抓大放小,有些小事情不要太计较,但一定要坚持原则,这个原则就是公平。后签的几户拿到的补偿不能超出政策规定,不能让早签的人吃亏。但他们如果真有具体的困难,可以想别的办法帮忙。中间有个度,要把握好。农村基层工作,说到底,就是要平衡。方方面面考虑到,不要急,慢慢理顺关系,很多事就可以摆平。

◎ 乡下的好学校

在樟村,徐佳宁的切面也一点点做出了心得:不能厚此薄彼,盘面和做人一样,均匀、平衡,不缺不溢,刚刚好。

这些都是姚大姐教她的,她心心念念姚大姐的面,后来干脆就把人请了过来,手把手教自己:切面最难的一步是盘面。盘面不能太厚,也不能太薄,不然回头蒸的时候厚的地方还没蒸熟,薄的地方颜色已经变掉了,卖相就不好了。大小也有讲究,一盘就是一人份的量,吃起来方便,不要贪大贪多。

还有就是面粉要好,乱七八糟的东西不要加,简简单单就最好。

切面是"非遗",是老祖宗的智慧,徐佳宁想了很多办法推广,一家一家代理商去跑,接受各种采访,拍短视频,直播,她还去学校、幼儿园,给孩子们展示切面工艺。

有天去章水镇中心幼儿园展示,徐佳宁一进门就看到一群小孩跑来跑去疯玩。老师一声令下,他们像小猴子一样,嗖一下爬上五六米高的竹竿。那场景,让她一下子想到了小时候。教室里的玩具是一筐筐笋壳、松果、桃核,教室后面还挖了一条沟,让孩子们跳上跳下地玩水。每个班都有一块自留地,由孩子们投票决定种什么。还有些课是在外面田野里上的,研究各种小花、小草、小鸟、小虫……

园长姓俞,叫俞华萍,孩子们都叫她"大鱼老师"。她说自己小时候就是乡下山里长大的,每天放学后就山上山下到处玩,上树捉鸟,穿着拖鞋到河里捉鱼摸虾，从梯田里跳上跳下，在竹林里爬上爬下，摘野果子，抓小虫子……

"哈哈，我小时候也是。"

聊到童年，两人简直相见恨晚。徐佳宁太同意俞华萍的观点了，山里的孩子就该在山里长大，就是和土地接触和草木相处。什么叫一方水土养一方人？真正在大自然的广阔天地里撒过欢的孩子，才不会只盯着眼前的"一亩三分地"，一定是乐观大气，充满活力的。

大自然就是最好的教育资源。

当天徐佳宁就决定，自己的孩子就留在这里读书。

她没想到深山里还有这么好的幼儿园，占地面积8000多平方米，那么大，是寸土寸金的城里的幼儿园没法比的，设施设备也都是按省一级幼儿园标准配备的。

最重要的是离家近，接送方便，十分钟就可以走到。

听徐佳宁说到这个决定，很多朋友都觉得诧异，特别是朱文荣。"真的就在乡下读啦？创业哪里都可以，读书还是要慎重，好好挑个学校。"

他自己就是乡下学校毕业的，那会在他的老家江苏兴化，乡下学校就是差学校的代名词。很多同学辍学出去打工，初一上完，班上的人已经少了一大半，再过一个学期，就只剩下20来个人。

初二下学期的分班考试，成绩一直挺拔尖的他没有考进尖子班，因此无心念书，万幸英语老师没有放弃他，说他是聪明的学生，比尖子班的学生灵光，还说"金子在哪里都会发光"，来家访时英语老师偷偷把尖子班的教案讲义带给他，"我就是不信你会考不过那些人，我也不信我不如教尖子班的老师，你可千万别让我失望呀。"

说到往事，他有几分感慨："学校不好，只是我运气好，遇到一个有教育理想且负责的老师。因为他，我才拼了一年考上重点高中的。"

徐佳宁笑道:"那就不用担心了,大鱼老师就是这样的老师。"

2014年,新园区建成不久,领导找俞华萍谈话,问她愿不愿意到章水来当园长,说园区很大,硬件也是全区数一数二的。"就是有点偏,从市区开车过去,差不多一个小时。"

"这么远?"她纠结着,毕竟之前十来年,她任教的地方都是很多老师挤破头想去的城区优质幼儿园。调到这么偏的乡下去,道理她是懂的。都说乡村振兴,不是把硬件做好就是振兴。有人、有活力才是振兴。要谈活力,首先得谈基础设施,而最重要的基础设施,是教育。不仅要有好学校,还得有好老师。

"就是因为远,好的老师少。没有骨干老师,没有教坛新秀。所以我们才想着把你调过去。"

"哦。"

"毕竟在山里,家长有一半是外来务工人员,在附近厂里打工的。本地的家长很多也在城区工作,留守小孩,配合度可能不是那么高。"

"嗯。"

"那些孩子就是一张白纸,可能习惯上……"

"一张白纸"她听进去了,比起前面说的,这四个字对她来说更有吸引力。"一张白纸"多好啊,才可施展开拳脚实现自己的教育理想。

从业这么多年,俞华萍参观过很多幼儿园,国外的、城里的、乡下的,它们都很优秀。很长一段时间内,国内的学国外的,乡下的学城里的,于是就有了很多被冠以"双语""艺术""蒙氏"之名的幼儿园。她见过很多中国式妈妈,不惜"孟母三迁",付出巨大的时间和经济成本,就为了让孩子上一所昂贵的热门幼儿园;她也见过很多多才多艺的孩子,嘴里礼貌地问着好,脸上却是敷衍厌倦、巴不得赶紧说再见的表情。

是不是越贵的教育就越好?是不是所有的孩子接受同样的教育才算公

平? 是不是乡村的学校都要和城里的一样,才算真正做到优质资源下沉?

她接受了每天花两个小时来回,就是希望在那"一张白纸"上,把山山水水的好资源都用起来,以"以自然为师,行不言之教",成就一所真正的"乡下好学校"。

乡下没什么名师,也没有现成的教学模式可以套用,俞华萍请来了宁波大学的团队,根据章水的实际情况开发了一系列自然体验课程,带着孩子们上山寻宝、下水摸鱼、杏林野战、溪畔寻野,也到欢乐农田里去种植土豆、番薯、棉花等。教多少知识不是目的,更重要的是让他们在真正的自然环境和自然状态中体验,进而变成回归自然的"山水达人"。

整个章水都是教室,孩子们有大把的时间在老师的带领下到处逛,一身泥、一身汗地回来,畅快淋漓。徐佳宁也发现,儿子上了幼儿园变皮实了,感冒咳嗽少了,小胳膊小腿壮实了,身上多了一种勃勃的生气。

幼儿园每年两次"开锄节"举办得特别隆重,所有家长都要参加。徐佳宁记得,有回一个四川小孩的爷爷奶奶作为"顾问"被请到了台上。他们大字不识,但有丰富的农作经验。两个操着外地口音的老人站在台上,咧着嘴,欢喜得有点手足无措。小孙子站在一群鼓掌的小朋友和家长间,又激动,又害羞,小脸泛着红光,努力克制着自己的兴奋。

那一刻,徐佳宁特别庆幸把孩子送到了这样的幼儿园。

◎ 被黄鱼改变的村庄

徐佳宁越来越发现,做面、做人、教孩子,道理都是一样的。回归自然,回归天性,简简单单最好,最好的教育最简单。

"那还有个问题,"朱文荣提醒她,"你真不介意孩子的同学很多都是外地人?"

"不介意啊,我们出国念书,不就是那里的外地人?你来我们这儿,不也是外地人?"徐佳宁笑,"人总要学会和不同的人相处的,早点有什么不好?"

这一点,倒是把朱文荣说服了。

书读得好是一回事,学会和人相处又是另一门学问。以前一门心思念书,只是为了离开家乡,因为太穷了。高考填志愿时,朱文荣压根没考虑兴趣或发展前途,只想稳稳当当地上一所大学,最好有学费减免、不怎么花钱的。爸爸妈妈更希望学校不要太远,所以他们最后定下了上海海洋大学水产养殖学专业,学费全免。毕业时刚好有一个留学机会,虽然浒苔这个研究方向很小众,但同样学费全免,他又毫不犹豫地去了。后来导师说,中国象山这一带的浒苔最好,想在这里办一个厂……他就这样被命运一路推着走,来到这个陌生的海边村庄。

要融入当地不容易。当时村民又把不合格的浒苔堆在厂门口要他收,几十个人围着,老书记严兴国赶来打圆场,朱文荣想想,老这么让书记为难也不是长久之计,摆摆手:"好,我收!"

钱付了,但也不拿进厂。小山似的苔菜在厂门口堆了好几天,蔫了,坏了,来来往往的人看了都摇头。

捞海苔的村民们看不下去,又来问是什么意思。朱文荣说:"你们辛苦收来的,不好意思不收,但收了也没用,就只能这么堆着。"

见带头的面孔不好看,朱文荣就把他拉到厂里,说是看一样东西。

车间里一排机器,是在旧货市场淘的各种布料烘干机。

朱文荣展示给对方看,浒苔这东西,看起来细细的,其实中间是空的,水分不容易出来。要烘得很均匀,浒苔才能变得蓬松,这样口感才好。所以他买了这些机器进行改良,设计了七道工序,温度递减,这样一道道下来,刚好可以将浒苔均匀烘干。

"你以为我不想多收啊,我也想多赚钞票,一直在动脑筋的。等技术成熟了,我就申请专利,就可以扩大生产规模了,大家一起发财。"

见对方面色稍缓,他趁热打铁:"你们都是一起的吧?看得出来,他们都听你的,我正好有桩事情拜托你。我最近都在研究技术,没工夫挨家挨户收浒苔。这样,我拜托你来收,你当队长,一次2000斤。至于你让谁去捞,捞多少,这是你的权力,你去安排,我不管。"

"当什么队长啊,我年纪大点,还说得上话,帮忙张罗一下应该的。"对方笑了,朱文荣心里有了底,"先2000斤,质量要好。等到我烘干机研究好了,产量上去了,我会多收的。要是还是那种不能用的,那也只能堆在门口,找别的队长帮忙了。"

其实,一开始把浒苔晾在门口,他是有点赌气的。后来书记叫他去家里吃饭,书记说,"一张桌子四条腿,总有高低不平,你这条腿太长,别的腿短了,就不能稳稳当当吃饭。所以要想好,是想办法把短的补长,还是自己先让一让。"

那几天,朱文荣渐渐捋清了思路,和书记商量着,定了好几个势均力敌的队长。虽说收上来的浒苔比实际需要的多,但有了竞争,浒苔质量就有了保证。

经过几年奋斗,朱文荣的象山旭文海藻开发有限公司成了国内最大的浒苔加工企业,也是唯一拥有日本浒苔出口配额的企业。给公司采捞浒苔的农户就有近200人,每人每季可以获得6万元以上的收入,在这个过程中,他渐渐成为高泥村的一分子,和大家打成一片。

2016年,宁波市开始建设"斑斓海岸"农村文明示范线,高泥村全面开启打造美丽乡村示范村新模式。"看得见山,望得见水,记得住乡愁。"这几句话让朱文荣发现,当年拼了命想离开的故乡,其实一直在自己心里。

高泥村接纳了他,他想在这里打造一个心中的家乡。

2017年，集循环农业、创意农业、农事体验于一体的"田园综合体"作为乡村新型产业发展的亮点措施被写进中央一号文件后，朱文荣觉得，这个新名词真好，让人联想到安静美好的田园生活以及其中蕴含着的无限可能，这不就是自己一直梦想的事情吗？就在那一年，他在高泥村承包了600亩土地，开发了"里海荷塘田园综合体"项目。

"里海"的意思就是"故乡的海"，朱文荣的故乡江苏兴化是鱼米之乡，没有海，但他已经把高泥这个海边的村庄当成故乡，一切就按记忆中家乡的样子打造。这里有稻田，有果园。他还专门请了设计师来，把一处闲置的教学楼建设成具有江南传统特色的主题民宿"安澜别院"。这是一个青砖白墙、碧草连天的诗意居所。院子里覆以草坪，青石板铺就长廊，紧挨着的是一个湿地，芦苇荡招摇在风中，水鸟时起时落。这个280余亩的湿地上种植着朱文荣从世界各地引进的90多个品种的荷花，各种荷花错落开放，花期可达半年。在这个田园综合体中，游客可以泛舟、游湖、采藕，体验农耕和渔文化。

"安澜别院"一落成，人人都来看个新鲜，外面来了客人，也带到这里来看。渐渐地，这里成了头脑风暴的地方，如何打造"斑斓海乡"，有专家来，都会到这里开会讨论。

朱文荣的想法其实和很多人一样，如果有一个主题，那一定是黄鱼。

他见证了高泥村黄鱼产业发展的每一步。那年，徐万土请他看从舟山带回来的那些"宝贝"，他第一眼就知道这不是好伺候的主儿。这些家伙胆小、敏感，而且"一根筋"，遇事喜欢横冲直撞，不撞南墙不回头，脾气倔，还特别矜持，每次投食，很少有其他鱼类哄抢的画面。它们像真正的谦谦君子，要么干脆视而不见，要么漫不经心地吃一口就游走了。

他还记得徐万土满眼血丝的样子。徐万土说开始的时候天天晚上睡不着，就打着手电筒爬起来看。后来发现这些家伙不是不爱吃，只是比较警惕。它们浮上水面的时间,就只有天亮前和天黑后,但只要有一点光,就会藏起来。抓住这个规律,将它们养活应该不成问题。

之后几年,每天天还没亮,徐万土和同事们就得出门喂鱼,到晚上别人都收工了,他们还在投饵。一有涨潮什么的,他们就在旁边守着,就怕它们瞎折腾弄伤自己。即便事事小心翼翼,他们还是常常遭遇全军覆灭。比如寒流一来,鱼被转移到池子时因为密度太高死了大半,还有给水体加热的镀锌管渗漏,让刚刚孵化出来的鱼苗出现畸形,还有白点病等各种各样的鱼病……

那几年徐万土老得特别快,他说做水产就是日复一日和老天爷耗。2010年,岱衢族大黄鱼苗种正式面向市场推广,虽然价格要比福建闽粤东族大黄鱼苗贵一倍,但政府为了推广,提出以相同价格出售,差价由政府补贴,同时还给宁波有条件的养殖户免费养一些,让他们尝到甜头。2012年年底,岱衢族大黄鱼上市,一炮打响,颇受好评。

就像当年带头养石斑鱼一样,老书记严兴国开始养岱衢族大黄鱼,后来朱中华书记接了班。当时养殖户都没什么钱,朱中华就经常为他们担保申请银行小额贷款,因为他是书记,银行相信他,渐渐地他就成了"担保专业户",他还推动网箱渔排升级改造。24米×24米的新型网箱,用的是环保复合型新材料,最大能抗12级台风,鱼苗成活率提升近30%,生产效益从每平方米600元提高至每平方米1000元。后来还有了黄鱼文化馆、黄鱼加工厂,从育苗、养殖、加工、销售到研学,产业链条不断延伸……

黄鱼,高泥村的特色,也是宁波人的乡愁。

朱文荣还专门请了设计师来,大家群策群力,黄鱼的元素出现在高泥村的各个角落:村里打造了特色休闲小公园;16处特色小景观点缀村庄各处;沿着溪坑打造的休闲亲水步道,可以在村里绕上一圈;村里各家各户都打造了特色庭院,墙内墙外有鲜花点缀,绿树成荫……

◎ 花海和稻田

那几年,永旺村也在大变样。土地腾干净了,拳脚可以施展开了。那片原来让人头痛的大棚田,变成了四季花海。

种花的事情一开始大家都不太懂,街道牵头,请来专业团队来设计,慢慢地也总结了一些规律,都拣好种、好看且花期长的花来种:春有桃花、月季;夏有向日葵、薰衣草、格桑花;秋有紫薇、波斯菊;冬有梅花。一年四季花开不断。最早有人提议种雏菊,白的、粉的、紫的,清新,拍出来也好看。后来发现那是电影里拍拍的,真大片种了,往往被淹没在野草堆里,不如种更高的马鞭草,浪漫的紫色,也很出片。

有了点人气后,村民在花海里摆几个小摊位,卖点茶叶蛋、烤土豆这样的小吃,增加点收入。村里还策划了"一元钱一朵月季""土味大赛"这样的活动,周末和节假日总是很热闹。

走在花海里,心旷神怡。但好看归好看,村民更看中的是实惠。

"光热闹不够,最后还是要变成经济收入。"有一次村里开会,郑荣希说。郭诚军想,"可算说出我心里的话了。"

永旺村当时的想法是造蓝领公寓,大家一圈商量下来,附近企业那么多,一定有需求。当时设计图都已经画得差不多了,第一期建100套,60平方米左右一套。根据预算,按照最保守的估计,租金收益一年可以有近200万,十来年就可以回本。"大家都能分红,按照现在这势头,租金肯定每年都得涨呀。"

可这么好的计划,竟意外流产了。

公开投票表决的结果出来后,郭诚军有点难以置信。决定通过需要三分之二的村民投赞成票,可好巧不巧差了一票。

怎么会有超过三分之一的村民不同意? 周珏坤也愣了好一会儿,沮丧地低下头:"之前我们大意了,没有充分了解村民的意见,过于乐观。"

"那我们了解一下村民的想法,再有重点地去做做工作,过段时间再投一次?"

周书记摇摇头:"还是尊重村民的想法吧。"

后来郭诚军仔细地去了解过,对于建造蓝领公寓,村里的年轻人举双手赞成,但很多年长的村民都觉得投资回报周期有点长:"毕竟要投那么多钱,是有风险的,以后的事,谁说得准呢?"

周书记对着设计好的图纸抽了很久的烟,最后,他把图纸收了起来:"算了,这事过去了。反过来想,光靠造房子收收租金,发展空间也有限。我们往前看,先把花海弄好,再找别的办法。"

充分尊重民意,严格按照程序办事,这是时代的进步吧。虽然当时很多人都觉得遗憾,而站在今天回望当年的遗憾,他们越来越发现,从长远看,这项计划的中断确实不算什么坏事,反而为后来的发展腾出了空间。

日子一天天过去,后来中大河整治,永旺村把堆放河泥与渣土的空地利用了起来,在渣土堆成的土坡上种上2000多株红梅。早春,近50亩的梅园灿若云霞,变成了一个网红地,还上了中央电视台。

那就让永旺村再美一点吧。

2019年,镇海邀请同济大学建筑设计研究院对永旺村进行村庄规划设计,并启动了阮家祠堂修缮项目。阮家祠堂是村里一座老旧的百年建筑。同济团队在祠堂外运用石桥、小石磨等乡愁元素,打造微景观;改建祠堂东面老旧厂房,增设游客服务中心,增加60余个停车位,提升游客体验感……

就在永旺村计划下一步改造时,疫情来了。

大家的工作重心都转移到了防疫上。在最开始的紧张慌乱后,郭诚军渐渐挑起了大梁,周书记也有意锻炼他:和街道联系,向村民解释,与村民协调,大到设置点位、安排人员工作,小到领取盒饭、分配防疫物资,他越来越游刃有余。

村庄封闭需要人守小门时,郭诚军往往把最辛苦的后半夜留给自己。春寒料峭,夜格外漫长,周书记过来陪他,两人有一搭没一搭地聊天。

"这么一闹,也没人有心情来赏花了,以后旅游估计够呛。"周书记有点担心。

"疫情早晚会过去的,人总要出来玩的,远的不方便,说不定乡村游更火呢。"

"道理是这样,但这事谁说得准呢?"

"不过我们倒是可以稍微作一些改变。"郭诚军边说边跺了跺脚,"哎呀,这天真冷!"

周书记递了一支烟,"怎么改?"

"小事,就是稍微改一下。"郭诚军说,花海固然好看,但也只能看,疫情期间人流量少,不如把一部分花海改成稻田。稻田也好看,而且现在很多地方流行稻田画,"实在不行,总有稻子收对不?"

周书记点头说,有道理。郭诚军开心,语气也欢快起来。回想起那年刚刚到村里工作,书记问他对永旺村有什么印象,其实他记忆中的童年,就是大片大片稻田。有稻田的永旺村,一定会勾起很多人的乡愁。

周书记笑,说,"你既然这么说了,那么我也给你说个事。当年你来,可能也听说了,原本我最中意的不是你,是另一个人。为什么?因为他40多岁了,在很多岗位都历练过,比较成熟;也因为书记不好当,我想走,最好很快找个接班的。后来他被别的单位挑去了,你来了。慢慢地我发现,你这个小伙子不错。不知不觉,我又做了这么多年,差不多年纪也到了。你也锻炼出来了,我想我可以放心地离开了。"

郭诚军诚惶诚恐,一时不知道说什么。周书记笑眯眯说:"当然,最后还得大家投票,可我相信,他们也是认可你的。"

很快,村委班子改选,郭诚军以绝对优势当选为新一任的书记。

◎ 四明山里的红色乡愁

徐佳宁和黄徐洁成为闺蜜后,两人常约饭,约咖啡,约着一起带娃出去玩。但约归约,章水镇樟村到梁弄镇横坎头村实在有些远,要在弯弯绕绕的四明山里开上一个多小时。

当然,这条路还是让人心旷神怡的。从章水出发,经过山清水秀的皎口水库,著名的红色景点四〇一洞天,还有一到秋天就挂满了红红柿子的大岚镇,再往前就是倒映着美丽水杉的四明湖了。若是稍绕一点,可以去丹山赤水风景区,还有拥有大量明清古建筑的李家坑村,或者这两年兴起的网红打卡地杜岙美术馆。也可以换一条路,去始建于唐朝的鹿亭中村看一看……总之,四明山好玩的地方太多了,适合任何聚会。

但两个人都太忙了。2018年,习总书记给横坎头村全体党员回信,黄徐洁受到回信的鼓舞,也捕捉到了商机,回到村里开了一家红色主题的农家乐。

农家乐的位置很好,就在村中心主入口的那条路上,前面是公园、停车场和大溪,这是她爸爸好朋友黄水夫的房子。这位黄伯伯是横坎头村并村后第一届村委会主任,和书记张志灿搭档。只是那个时候黄徐洁还小,没什么特别的印象,只是隐约记得,有一阵村里开始种樱桃了,那小小的红果在当时还是稀罕物,樱桃成熟的季节黄伯伯还送了一篮来。

黄徐洁后来才知道,那是横坎头的一场农业"革命"。之前大家种的是水稻,山高路远,稻田小而零碎,没法机械化耕作,辛苦一年,也只能维持个温保。2003年春节,时任浙江省委书记的习近平来村里调研,春节后又给村里的党员回信,鼓励他们加快老区开发建设,尽快脱贫致富奔小康。之后书记张志灿就开始四处找办法,宁波市农业科学研究院的农技专家推荐说当地水土适合种樱桃。但樱桃要三年才挂果,开始时老百姓对销路没信心,开了好几次动员会都没有人响应。经过反复商量,首批70亩樱桃园就由党员干部带头种,黄水夫就是最早承包的人之一。

也是从那年开始,余姚在修缮梁弄镇红色旧址的同时,开始了梁弄公路的改造。红色纪念馆不断扩建,浙东区委旧址群、浙东行政公署旧址群、浙东银行旧址……而新建设的余梁公路连起了余姚市区和深山,让横坎头村彻底告别了出村进城翻山越岭的时代。

三年种下来,樱桃挂果了。那星星点点的红果出现在枝头的时候,正是四明山春意最浓的时候。满山深深浅浅的绿,野花烂漫,山蔬野菜正应景:毛笋、小笋、水芹、马兰头、茼蒿……人们来红色旅游,同时采摘红果,横坎头村就是从那个时候开始热闹起来的。

但那时黄徐洁到城里去读书了,等到她回乡开店时,黄水夫已经退休,承包了个鱼塘,旁边还有好几亩猕猴桃园。"我现在百事不问,就看看鱼塘。"黄水夫慈祥地看着黄徐洁,"这房子空着也是空着,你来打理最好,开饭店热闹,也方便到我这里采摘、钓鱼的人。"

黄徐洁心里明白,黄伯伯虽说自己百事不问,但其实什么事他都一清二楚。改造红色纪念馆也好,修路也好,征地拆迁这种难题,都是他挨家挨户去说服的。当然,他以身作则。浙东行政公署扩建时,大溪还在改造,都有他自己和他兄弟的土地,他都是拆在前面。开在他房子里的店,必须要货真价实,童叟无欺,还得生意好,热闹。

而这一点,黄徐洁倒是有信心的。横坎头村充分挖掘自身红色资源,大力发展红色旅游,同时利用绿色资源,壮大特色产业,这几年真的越来越美了。群山环绕，林木葱郁，平岗缓坡分布着座座果园，村里有林带林地、花草地，穿插以别致的亭台、广场、球场。村庄人家的院前屋后，错落着果树和花草。山塘水库躺在山谷间，溪流向着更低处的四明湖奔流……

背靠着村庄，黄徐洁可以利用的优势和资源也越来越多。2020年，新的书记黄科威上任后，村里成立了横坎头新农村开发有限公司等3家村属公司，建立浙东延安红色文化学院和浙江四明山新希望绿领学院，开播红色电台，修缮古村落，以红色资源吸引游客。

黄徐洁忙到走不出，就约徐佳宁过来走走，因为附近不止横坎头村可以逛，还有很多的新鲜事物可以参观学习。比如旁边的汪巷村，就有状元文化和花海项目、特色小水果产业等，很适合亲子游。

横坎头村带动周边村抱团发展，组建成立了横坎头红锋共富联盟，并同步成立了共富联盟党委。以横坎头村为核心，吸纳周边汪巷村、甘宣村、白水冲村、贺溪村、横路村等5个村为主要成员，引领带动让贤村、岭头村、东山村等3个村共同发展。横坎头村与联盟村一起，在前期已建成可已花园、初新农庄的基础上，布点蔬果无土栽培、健康乐园等子项目，共同打造"美丽未来田园"综合体，还开发了"数字化沉浸式党建体验"项目，将传统的现场讲解学习参观模式丰富为线上互动体验式，用数字赋能思路整合红旅、农旅、文旅、学旅、体旅项目，构建集线下线上于一体的全域旅游产业新格局。

徐佳宁也越来越忙。2018年，章水镇以镇村联建模式成立乡村振兴投资发展有限公司，由镇属资产和村集体联合入股，年底进行"保底收益+按股分红"。该公司为辖区花旗芋艿、笋丝干菜、番薯粉丝、樟村切面等特色农产品"带货"，她的切面渐渐走出了大山。

走进来的人也越来越多了。2021年，章水镇将红色党建与乡村振兴有机结合，投资450余万元，在镇区核心位置樟村村，对镇中心小学旧址进行改造,打造红色党建体验中心。依靠这个平台,章水镇还推出了"曙宁醉红"党建红旅品牌和"大王巡山"绿色区域品牌,串联起宁波樟村四明山革命烈士陵园、启明小学等红色遗迹遗址,以及茅镬古树公园、李家坑村、杖锡樱花园等风景胜地,形成红色研学、观光旅游、休闲养生的新业态。游客离开时,常常会带走樟村切面。还有一些孩子来研学,徐佳宁常忙得脚不沾地。

所以,两个人虽然老是约,但真正碰到的机会其实并不多,毕竟两个地方还是离得远。但是以后会方便一点,S309 鄞州至开化公路荷梁线(鄞江—章水)公路一期工程,这条四明山大花园东向重要的门户主通道建设迎来全新进展。这条荷梁线还是市级精品线路"四明红色线"的组成部分,沿线向西可达余姚横坎头村,一路串联多处红色旅游景点,未来有望被打造成为红色文化最佳体验道路。

"来嘛来嘛,全域旅游的号角已经吹响!"徐佳宁在微信上吆喝。

"我们都在四明山里,就约等于在一起。"黄徐洁回复。

◎ "归田园"

2022 年 4 月,时任浙江省委书记袁家军到象山考察。朱文荣接到任务,作为科技人员,他要与书记做个交流,主要是关于未来乡村建设的一些思考。

"那我该说啥?"头一次和省委书记对话,他很谨慎。

"做了什么就说什么,农渔旅综合体、稻田养鱼、数字农业……说真实想法就行。"

他好好地理了理思路,这是他在第二故乡一步步搭建起来的理想田园,有太多话可以说。

要么,就从最早的"红美人"开始吧。

朱文荣到象山的第二年就尝过这种特别的橘子。皮特别薄,但和果肉连得紧,剥起来有些难。送橘子的好朋友顾品说,像橙子一样切开吃。一刀下去他就感受到了不同,肉质紧实,柔软多汁,还没有渣,甜度也好,完全颠覆了他对一只橘子的想象。

"我说橘子怎么还特意用泡沫纸箱装,果然金贵。"

"当然金贵了。一共就3亩地,我爸一个人种了快十年,一般人我可不送。"顾品是象山晓塘乡人,也在日本学习过。象山是柑橘之乡,2000年,顾品被象山县农林局选派到日本学习柑橘种植技术,带回了十几株柑橘枝条,其中有一株叫"爱媛28",2002年上半年开始嫁接,三年后结果,吃过的人都赞不绝口。

"红美人"是当时象山县林特中心技术专家陈子敏取的名字,因为他觉得它一定会"红"。

但事与愿违。当时"红美人"种在露天,挂果率低,容易腐烂,难储存,碰到大雨或严寒霜冻,就会掉果。几年工夫下来,毫无起色。顾品当时觉得没什么花头,去上海工作了,只有老爸顾明祥一直在坚持,他对橘子有感情。

老顾最早是开车跑运输的,1993年,晓塘乡蜜橘滞销,一堆堆烂掉的橘子都被倒了,他看了心痛,就一车车拉到山东去卖,赚了点钱后自己也开始种。他知道儿子带回来的"红美人"是好东西,但也不敢多种,就3亩,像小孩一样照顾着,每年收成有限,也很少卖,亲朋好友和客户送一些。

而陈子敏和他的同事们也一直没有放弃研究。2008年,他们发现把"红美人"放在大棚里种品质更佳,建议顾品再试试。

顾品还在犹豫时,老顾已经搭好了钢架连栋大棚,在专家的指导下采用设施栽培、"高接换种"嫁接和"滴管灌溉"技术。挂果的时候老顾把儿子叫回来,在大棚里撑起了床铺,晚上和儿子睡在棚里轮流值班。第二年,他们家的 3 亩"红美人"卖了将近 90 万元。2012 年，顾品和两个朋友一起在定塘镇流转了 50 亩土地，其中 32 亩种了"红美人"。

这么好的品种，当然要全县推广。但"红美人"娇气，对环境条件要求高。2013 年，很多果农还在观望的时候，从来没有种过果树的朱文荣倒是先承包了村里的 50 亩地种起了"红美人"。有村民好言相劝："你又没种过橘子，知道怎么弄吗？哪有那么多工夫去折腾？"

朱文荣有把握，"我吃了几年，真的好的，肯定有前景。我不自己弄，你帮我来弄，行不？"他将土地集中管理，请专家来指导，雇村民日常打理，这样效率高，村民也可实现再就业。

除了"红美人"，开发里海荷塘田园综合体时，朱文荣还种了几百亩的水稻，因为他的家乡兴化就是著名的水稻产区，他有水稻情结。这几年，他到处去看，海曙区古林镇有华东地区唯一的大田种植数字农业项目，将农机、农情监测、灌溉等设备与物联网、无人机遥感等技术相结合，手指点点手机屏幕，田里的自动耕地机便轰轰发动，稳稳作业，在田间开垦出一条笔直的线路……

在一些种粮大户的田里，全程机械化也越来越普遍。姜山的种植能手卢方兴说，喷药施肥，基本上都是无人机。而且现在缺土地，要让有限的土地增产增收，所以他们种三季，一季种油菜，然后再种两季早晚稻……

风吹稻浪，机器轰鸣，是一个农民心目中最美的画面。

但朱文荣有点不一样，他的种子也是有名的"甬优"系列，2012 年就以百亩方均产 963.65 公斤创全国纪录。但他只种单季稻，理想是基本不打农药，只用有机肥，产量比平常还要低一些。朱书记友情提醒："朱博士，你这是种着玩玩的吗？"朱文荣说，"宁波那么多种粮大户，不差我一个，我就试试，稻田里还能干吗？"

他很少和人提起，在老家兴化，他爸爸以前就是养殖户，只是因为各种原因亏了很多钱,所以他整个少年时代一直苦哈哈的。他想把爸爸没有完成的事做好。

一开始,他在稻田里养常规的鱼和虾。2020年,宁波市海洋与渔业研究院找到他,说想试试在稻田里养青蟹。"宁波青蟹海水池塘养殖面积维持在6万亩左右,实在太少。如果稻田里能养,养成了,以后推广开,价格就能下来。"

朱文荣很感兴趣,便圈了1.5亩作为试验田,5月种上"甬籼17号"水稻,并投放人工繁育的拟穴青蟹苗。5个多月后,青蟹长大,可捕捞上市,水稻也长得不错。这是国内首次实现在水稻田里养青蟹。

他邀书记一起去捕蟹,四周沟渠的水被排干,青蟹满地爬,走上两步拿脚一探就有。书记随手抓一个,有半斤来重,顿时眉开眼笑:"那每亩可以多赚不少吧?"

"这一批能抓300多只,每亩多个五六千元收入,很可观了!"

水稻收割后,他又动了别的脑筋。稻田空档期里放养大白鹅,田里的野草可以给大白鹅做饲料,而大白鹅产生的排泄物又可以肥田,不仅减少了肥料成本,还增加了土壤肥力,提高了水稻田的单亩收益。

当然,不管怎么集约利用,耕地一直是紧缺资源。之前,朱文荣认识了大龙农业科技有限公司总经理庞利民,当时他在江北慈城镇三勤村的植物工厂是宁波唯一的规模化无土种植示范点。朱文荣去参观过,成片蔬菜种在"盒子"里,长在半空中,水肥科学配比后自动供给,光照、温度、湿度、二氧化碳等环境参数,由计算机系统自动控制。

庞利民毕业于浙江大学,原来学的是建筑工程,偶然接触到设施农业,"好像一下被击中",之后就开始研发农业智能化设备。

朱文荣第一次走进庞利民的植物工厂时,也"好像一下子被击中"。

原来,一棵蔬菜的"生产流水线"可以如此天衣无缝,连什么时候开窗、什么时候通风都是计算机根据当日气候计算好的,温度、湿度等各种数据都能在手机上轻松查看。

朱文荣和庞利民都是农村出来的孩子,都懂得农民的不容易,靠天吃饭就像在打赌,赌天气,赌天灾,赌突如其来的虫害不会毁灭一切,赌横冲直撞的台风不会让汗水白流。

这里不用赌,一切都是可控的。

当庞利民提出要回老家台州市天台县再建一个植物工厂时,朱文荣几乎不假思索地就答应和他一起。他只提了一个要求,将天台的公司命名为"里田",意思是"家乡的田",和"里海"对应起来。

里田占地100亩,第一期就有一万平方米的智能化温室,所有设备的自动化程度已经有进一步提升,是省里第一批数字农业工厂示范基地之一。

关于数字农业,朱文荣感触最深的还是顾品的"红美人"溯源示范基地。经过几年更新换代,它被评为全国名特优新(蜜橘)全程控制技术中心试验示范基地,中国工程院副院长、全国柑橘产业唯一一位院士邓秀新来到顾品的果园参观后,将这里设立为"邓秀新院士团队专家工作站",这里也是品种筛选、杂交育种、脱毒种苗等国内柑橘产业核心领域的试验田。

"其实我也没有什么大的志向,这么多年,我一直在学着怎样做一个优秀的农民,实现了'归田园'的梦想。"这是朱文荣对书记说的心里话。

书记说,"乡村发展还是要靠你们,有困难找我们。"

◎ 大白鹅的使命

朱文荣在稻田空档期养鹅,是象山县畜牧兽医总站站长陈淑芳建议的。

象山的鹅苗多数远销外地。2020年初疫情最严重的时候,航班都取消了,主要销路一断,大家眼睁睁地看着价格往下跌。

鹅苗的价格从每羽28元跌到4元,整个象山有100万羽压着,毛茸茸的小鹅还在一批批破壳而出,养殖户们左右为难:到底是咬咬牙卖了,还是咬咬牙埋了?

陈淑芳想出来的办法之一就是推广"稻鹅共作",反正还没到插秧的时候,稻田里先养上鹅。

她去动员那些种粮大户,朱文荣一口答应:"我爸以前也养鹅,我也有稻田,我也可以养。"

在整个象山县,他最佩服的人就是陈淑芳。她是浙江首位畜牧兽医博士,刘秀梵院士评价她为"真正把论文写在大地上的农业科技人员"。她还是全国五一劳动奖章获得者、全国道德模范、全国三八红旗手,获得全国"人民满意的公务员"称号,受到习近平总书记的多次接见。

此外,朱文荣愿意试一试,是因为知道养殖户的不容易,想着帮一把。

象山有一个"养鹅扶贫联盟",他的鹅苗就是从那里拿的。

那个联盟里最有名的叫金建华,他的妻子患上了帕金森病,因为义无反顾照顾病妻十五年被评上"中国好人"。

很多报道说,哪怕一贫如洗,金建华也甘之如饴。朱文荣不以为然,一贫如洗怎么会甘之如饴?他真的穷过,小时候经历过父母为了钱无休无止争吵的童年噩梦。贫穷不是高尚,贫穷和天灾、战争等不幸比起来微不足道,在伟大的爱情面前也可以忽略不计,但它却可以无孔不入地进入生活,用挫败和沮丧把人一点点打败。

其实捧着"中国好人"的证书,金建华自己心里也五味杂陈。

那座二十多年前造的小楼只在两人结婚时添过几样新东西,后来就一直走向陈旧。为了照顾妻子,他不能出去打工,就在附近养虾,有时打个零工。看病欠了债,药又不能断,好像怎么干都填不满生活张大的嘴。

妻子喜欢的芦荟酸奶涨到了 9.5 元一瓶，冬笋贵的时候要 28 元一斤，他都不记得自己是从什么时候起越来越心疼钱的，可又不得不花：老婆只剩这点要求了！

两人都不太说话了，妻子是因为病，他是因为累，生活在沉默中重复。日子好像被拉长了，特别是夜晚。

妻子每晚会醒七八次，需要他帮忙起身翻身。她一睁眼他就会醒，说不出是因为微弱的动静，还是多年的默契。十五年来，金建华没睡过一个整觉，夜深人静的时候，有些念头也会冒出来：虽然不怕累，可是，这辈子就这样了吗？

陈淑芳理解这种感受，她的婆婆也身患重病，母亲因为脑梗几乎成了植物人。她知道日复一日对着一个总也好不起来的病人是什么感受——病就是病，不浪漫，折磨人，它把活着的很多滋味都榨没了。

"但是日子还得过，总要尽量过好一点，并不是有个病，就什么都没了。"她建议金建华养鹅，"畜牧站提供技术支持，资金和销售大家一起想办法。"

象山是大白鹅的故乡，陈淑芳也在这里长大。1987 年，她 20 岁中专毕业从事畜牧技术工作。那时留在村里养猪养鹅的，不是家徒四壁的就是老弱病残，屋后用毛竹搭个棚，和畜禽住一起讨生活。

陈淑芳一干就是三十多年，很多当初穷的人，在她和同事们的帮助下成为养殖大户，而他们又在一起帮助了更多的人。

好人更不应该穷。只有好人过好了，才会有更多的人愿意成为好人。

在那个联盟里，朱文荣渐渐也认识了很多人。有一个黑瘦精悍的贵州妇女叫牟友顺，她的前半生一直不太顺，她从贵州嫁到象山，一儿一女还很小时，丈夫就病逝了。日子正难，房子又倒了。陈淑芳最早认识她，是因为和孩子结对助学。她劝牟友顺，哭不是办法，为了孩子，得打起精神赚钱。

陈淑芳帮她担保贷款、买鹅，事无巨细地教她。牟友顺肯吃苦，早出晚归忙了几年,终于赚了钱,眼看命运就要对她露出笑脸,偏偏这时她雇的小工运货时撞死了人。

"陈站长说不能逃避责任,我就赔了80万元,又欠了一笔债。"挣扎出来后,牟友顺笑着聊起这事,"身上担子重了,可我心里轻松了啊。"

孩子长大了,受陈淑芳的影响也学了畜牧专业,可以帮衬妈妈了。腾出空来后牟友顺又开了家店,帮乡亲们捎买一些禽蛋之类的农产品,生活终于顺了。

还有个说话闷声闷气的养殖户叫李磊(化名),以前是个养鸡大户,赚了钱改行开厂,没想到不仅全亏完还负债累累,每天东躲西藏。他只信任帮过自己多年的陈淑芳,实在过不下去的时候,就打电话向她求助,拿了救济后却又不知所踪。

有一年年关,他又打来电话,这次却不是要钱:"帮我配点药吧,我撑不下去了。"陈淑芳一听他的症状,哪是开点药可以解决的:"你快回来,我来想办法。"

她联系了医院,并找了信任的医生,等他做完手术在病床边苦口婆心地劝。感激涕零的李磊终于答应回来面对现实:"躲也躲够了,你在,我就有信心重新开始!"

新开的养鹅场名字中有一个"诚"字,他说,以后再也不逃避了,要诚实磊落地活着。

还有一户,老太太和儿子都是盲人,老伴儿腿不利索,媳妇智力不太正常,只有孙子还伶俐。小小的鹅场里,老头儿坐镇指挥,老太太和儿子摸索着喂食、捡蛋。"一年能赚10来万!"老太太骄傲地伸出两个手比画,"孩子上学不愁了!"

养鹅一年,金建华赚了30来万元。他买了一辆电动轮椅,送给养鹅联盟帮扶的另一位残疾人。下一步还没想好,疫情就来了。

朱文荣说，没关系，大家帮一把就过去了。

很多人伸出了手，就这样，一批批鹅苗进入了稻田。它们终于等到了疫情缓解，价格回升。

"鹅稻共作"意外闯出了一条路。到 2022 年，象山县使用"鹅稻共作"养殖的大白鹅有近 30 万只。更重要的是，"非粮化"整治推行，许多原本种植、养殖的土地回归"产粮"。而"鹅稻共作"的生产模式恰好能弥补这一转变带来的收入落差，用大白鹅为农民添一笔额外收入，进一步增强农民种粮的积极性，让更多"良田"回归"粮田"。

大白鹅适应性强，且见过世面。这几年，在陈淑芳的推动下，大白鹅飞出象山走南闯北，从苦寒的延边到炎热的海南，帮助当地的养殖户脱贫致富。象山大白鹅扶贫项目还入选了全国"携手奔小康行动"典型案例。

2020 年，陈淑芳被评为全国先进工作者。在北京接受表彰时，她和四川宜宾市屏山县扶贫干部王金良聊到了大白鹅，两人一合计，都觉得屏山的环境很适合探索立体循环农业，发展林下养鹅模式。

会后没几天，王金良就组织了养殖户到象山考察。2021 年 1 月，首批鹅苗"飞"往屏山县，在当地的李树下被生态养殖，实现了亩均增收 5000元。到 10 月，第二批鹅苗也出发了。

这些鹅同样是在果树下养殖，白鹅吃草，鹅粪养树，省去了除草施肥的人力，在生态环境中长大的白鹅肉质也很不错。

它们会在异地他乡健康长大，下蛋，新的生命又会诞生。人的生活也一样，经历了风霜雨雪、磨难艰辛，又会生根发芽，一枝一叶地长出来。

拼尽全力，就会等到丰收的时候。

◎ 老宅重生

9月23日,秋分,一年一度的中国农民丰收节。2022年,宁波的主场活动放在镇海区永旺村。

活动很热闹,作为全国农村创业创新优秀带头人,朱文荣、顾品都来领奖。会后,朱文荣问书记郭诚军,"今天稻田咖啡馆是不是又没位置了?本来还想去喝一杯呢!"

郭诚军笑眯眯说,"今天人多,可能没座了,我帮你们打包几杯吧?"

两个人认识,是因为郭诚军上任以后,把象山好几个村都跑了一遍。农房流转、改造是件让人头痛的事,象山县是全国农村宅基地制度改革试点地区,他想取取经。

高泥村的推进倒还顺利,先是通过"一户多宅"清理,腾出空间建起了农村居家养老服务站,解决了村里十多名老人的养老问题。后来流转了闲置的厂房,与宁波大学海洋学院合作,建起了黄鱼加工厂,还将20世纪七八十年代用作牛棚、水泵房的闲置农房盘活,建起了集文创展览、农特产品展示、乡村旅游打卡等于一体的黄鱼馆。

书记朱中华说,谈不上什么经验,这两年大家腰包鼓了,很多事推行起来还算顺利。党员带带头,老人照顾好,该给的钱按政策给到位,其他人也基本没有二话。

但是郭诚军心里没底。之前土地流转经历了那么多周折,蓝领公寓计划还流产了,这回必须做好万全准备。

朱文荣推荐他到贤庠镇的青莱村看看,那里都是做民宿的。青莱村的西坡象山度假民宿,就是40多户村民的6000多平方米老宅置换出来的。

"那才是大手笔。"

郭诚军对这个村有印象。2016年因为反对在村口建猪场,村民集体上访，闹得沸沸扬扬。当时周书记还给大家敲过警钟，说我们村绝对不能有类似的事发生。

现在青莱村的书记叫樊开英，是2017年换届选举出来的。新的班子产生后，把每月的21日设为固定的"村民说事日"，平常也会在凉亭、公园、小店这些村民茶余饭后聊天的地方，把大家聚在一起，说说村里的大小事。有什么矛盾、怨气，在这里说一说，一起找解决办法。这是象山首创的乡村治理新模式，还入选了2021年度"中国基层领导力典型案例"优秀案例。

之前多半是家长里短、邻里纠纷，2018年，村民说事提到了村里的老房子，也就是大家嘴里的"樊信房"。

事情的起因是村里的"秀才"樊敬堤写了首诗——

> 楼台寂寂空无人，春燕筑窠不上门；
> 明堂破损野草生，老鼠做窝打地洞；
> 断电断水断火种，漏水滴滴空有声；
> 日升月落枉费神，何需春夏与秋冬。

大家一听，都笑，说樊敬堤到底是"秀才"，和他爷爷一样有文采。樊敬堤习惯性地摆手说，他其实就是个农民。

青莱樊家当年是东乡名门富户，樊敬堤的爷爷樊家桢是清末黉门秀才，父亲樊恭炽毕业于上海政法大学，后牺牲于淞沪会战。在这之前，祖上几代经商积累，留下了大宅门四合院。樊信房，其实是樊敬堤爷爷的爷爷的名字，后来叫着叫着就变成了这座宅院的名字。

这里有高耸的马头墙，进门迎面便是一道制作精致的石窟台门。台门下的一个石鼓是樊敬堤幼时的"专座"，被磨得溜光水滑。他曾坐在那里等着父亲回来，后来父亲再也回不来了。他无数次地抬头看台门，上面蟠龙缠凤，两旁浮雕繁复美丽，正中剔刻隶书匾额"戬穀"。樊敬堤年轻的时候，总有人拿这两个字考他，"秀才，这两个字念啥？"他知道那是积善福禄的意思，他还知道旁边是些衔头戏文名：虎牢关前三英战吕布、长坂坡赵云救阿斗、野猪林花和尚救林冲、岳飞枪挑小梁王……但他总是连连摆手，不识，不识，他已经搬出去了。

转眼又几十年风风雨雨，宅院还在，樊氏后人早已散落在五湖四海，房子漏水严重，柱梁霉烂。当年繁华不是随风而去，就是尽化为土。樊敬堤看到破旧老屋，一时感慨，写了首诗。

大家笑一番，叹一番，又有很多共鸣。

"我家住的也是上百年的老古董，修修补补，也是经常漏，弄不好。"村民王文飞说。

其实，整个青莱村二三十年来没有一户村民新批过建房土地，也没有一栋气派像样的别墅。年轻人都出去了，老人都凑合着。

凑合的结果就是处处牛栏房、破旧房，路不平，灯不明，村容村貌排全镇倒数。

明明依山傍海，建村已有七百多年，很多村民住在清代建筑里，这么好的地方怎么就没人知道？

村里想到的办法是用老房子办民宿，发展乡村旅游业。

樊信房没人住，大家没意见。但经过之前的排摸，这个项目涉及的村民有46户，要让那么多人腾出地，哪那么容易？

有的村民直接提反对意见："你们就是拍拍脑袋想的，民宿都不赚钱，谁会来我们这种地方住？"

村主任谢红强便问他，"你住过几回民宿？"

谢红强早年外出打拼，在宁波开起了公司，后来为了支持家乡发展，便把分公司开回了家乡。关于赚钱这件事，他的话比较有说服力，况且他们已经到杭州莫干山、湖州德清等地考察过,还拍了照片给大家看。

"要是不赚钱,怎么会有这么多地方开民宿?我们要做就做高端精品民宿,绝对不倒牌子。"

村民撇撇嘴:"就这破房子,一个晚上千把块,谁来住?"

也有人说,"自己的房子住了这么多年,破是破了点,毕竟住惯了。"

总之,持反对意见的人很多,说服大家的过程,就像掉了层皮。

之前的农村宅基地制度是新中国成立几十年来逐步发展演变而成的,其主要特征是"集体所有、成员使用、一户一宅、限定面积、无偿取得、长期占有"。但随着城乡社会结构变化、城乡空间结构演化和经济体制改革深化,存在的问题和面临的挑战也日益突出。

最明显的就是一代代年轻人离开,大量农房闲置,偏远的农村宅基地对农民来讲经济价值不大,居住的功能也不强,成了一种"鸡肋"资源,也不再满足乡村产业发展的现实需求。当整个中国村庄分化演化、适度聚集成为不可逆转的大趋势,城乡互动的增加改变了以耕作为半径的传统农业,宅基地制度改革就迫在眉睫。

2018年,中央一号文件首次提出"探索宅基地所有权、资格权、使用权'三权分置',落实宅基地集体所有权,保障宅基地农户资格权和农民房屋财产权,适度放活宅基地和农民房屋使用权"。

宅基地流转,最重要的就是要让农民相信,自愿有偿退出后,自己会得到很好的安置,不会有养老的后顾之忧,而且也真的可以获得财产收益。

但根深蒂固的思想,要改变,真的不是一件容易的事。

樊开英后来和郭诚军总结经验,和农民打交道,光讲道理、讲政策是不行的,还要讲情讲义、讲关系。

反正就是经常去,多沟通,他们干活的时候你搭把手,他们有什么麻烦你想办法。

老人子女不在的，网格员陪着去看病，帮忙理发、买菜，总之让他们相信，村里会把他们照顾得很好。

同时也去做人家儿子工作，杭州也好，上海也好，多去拜访几次，总有说通的时候。

今天想通了，明天又改主意了，很正常。真诚地面对自己的财产，是时代的进步。

耐心等着，再慢慢讲道理就是。

道理是可以说通的，46户村民保留老宅的资格权，将使用权流转给村里，出租给项目方建民宿。村里旅游业旺了，农产品销路也广了，生活质量也提升了。

未来也是可以看见的。村头新造了30幢粉墙黛瓦的别墅，4种户型，每种户型均有中庭布置和进深3.5米的前院，是作为全象山县中式民居风貌引领样板打造的，是为了统一安置"一户一宅"拆迁户和无房户。

谢红强又出面联系了一些青莱村在外做生意的乡贤，共同捐资200多万元，为低收入的老人们专门修建了老年公寓"乡贤居"，统一装修好了厨房、卫生间。他们只需要缴纳水电费，就可以免费入住，并且每个月还有专人来给他们进行大扫除，志愿者也会经常过来给老人们理发、包粽子、做米馒头。

"全部说通也是不容易的。"郭诚军感慨。

樊开英说，"解决问题，不是一扯两断，也不是快刀斩乱麻，而是需要找到线头，以柔和的手势顺势抽开，让一切归于本来的模样。"

另一头，也花了很多心思。

通过朋友的层层介绍，他们找到了西坡集团的创始人钱继良。作为2018年全国民宿行业的"领头羊"，西坡集团起初对于青莱村并不太感兴趣，但架不住他们多次邀请，最终钱继良带着西坡团队走进古朴的樊信房，看到广阔的象山港,品尝到用大蒸笼蒸的螃蟹后,改变了最初的想法。

西坡集团租用樊信房、樊承房和樊裕房等4座院落进行整体改造利用,投资2500万元打造综合乡村野奢生态度假综合体。

民宿完工后,驻村干部尹洁陪着樊敬堤去看,老人在那里徘徊了一下午。

老房子修旧如旧,柱廊还在,用玻璃和木板分隔空间,月门也保留了,青瓦之下是精致的雕梁,飞卷的云纹正对着镂空的墙。

午后的阳光穿过窗棂打在清水砖上,仿佛前尘旧梦。岁月流走的样子清晰地印在每一个细节里,你仿佛能看到先辈们对生活的美好期盼,对后辈的殷殷嘱托,用心良苦,大长地久。

历经百年风雨的老宅又回到了她最好的时光里。

农民除了可以获得租金收益,还可以就地"转业"成为物业服务人员,提供保洁、餐饮等服务,真正实现家门口就业!下一步,青莱村接着盘活浅海、滩涂、山林、田地等闲置资源,对村庄风貌进行整合提升,新造的露营基地也将投入运营。

"一定要找最优秀的团队来打造。"这是樊开英和郭诚军说的另一个心得,"只许成功,不许失败,不能对不起大家。"

◎ "造梦"

稻田咖啡馆就是永旺村精挑细选引入了第三方经营的。稻田咖啡馆坐落在稻田里,有一个很大的落地窗,仿佛自带取景框,将稻田、小火车、夕阳和孤独的树定格成画。天幕帐篷下,蔓延着芬芳的浪漫。在"微度假"广受追捧的当下,稻田咖啡馆一度被捧为网红打卡点。

2021年,永旺村在原来花海的基础上,打造了200亩稻田景观带。那年秋天，泛着金光的田野和秋阳交相辉映时，郭诚军又看到了记忆中的画面。

他一直记得当初提出恢复稻田的想法时老书记的话。书记说，想法很好，很有情怀。但做事情不能只有情怀。要好好想想，靠什么把人留下来。

他也带着人到处去考察，找符合永旺村"调性"的团队。最后选择的上海乡伴文旅集团，是网红民宿树蛙部落的开发者。他们的理念是"设计改变乡村，造梦乡野生活"。"造梦"这个词让很多人有所触动。

那个秋天，乡伴文旅策划了一场音乐会，夜幕如黛，一轮皎洁的"圆月"静悬。"星光"落在稻田里，铺洒出遍地花火。稻穗与芦苇一同起舞，篝火围在草垛边微微摇曳。有人打着欢快的非洲鼓乐，有人吟唱着民谣小调……

这么美，真像一个梦啊。

但这个梦不能仅仅在田里，仅仅在晚上。

一个村庄不可能靠一个网红地发展，一步一步来，还有很多事要做。

刚回来的时候，郭诚军觉得永旺村没什么特点，这两年倒是越来越觉得这里优势明显——她地处甬江科创区核心板块，周边遍布宁波大学、中国科学院宁波材料技术与工程研究所等高校院所以及甬江实验室等产业园区，"双创"氛围浓厚。

都是意气风发的年轻人啊。

永旺村明确了"甬江科创后花园、城郊融合双创村"的定位，编制了宁波首批"多规合一"村庄法定规划，调整部分建设用地规划性质，以便全面做活村级闲置农房、低效建设用地、小散农田"三地"提质文章。

依托农村宅基地"三权分置"试点，原来倪家自然村43套自建房，经过村里统一打理，变身为漂亮的"小白屋"，用于构建"特色民宿+共享办公"新模式。流转费每年5—10万元，五年一付，有村民已经一次性拿到最高50万元的流转费。

在旁边的阮家村打造一个集居住、休闲、娱乐、充电等多样业态于一体的青创公寓,作为企业之家的创客及周边高校师生的居住空间,这里同时具备现代气息及乡土风味,千亩花海稻田尽收眼底。

5处低小散企业厂房被清退,投入1700万元建设特色街区,植入网红餐饮、轻奢休闲、连锁商超等新业态,打造步行"15分钟生活圈"。

青创公寓、特色街区等项目建成后,产权归村集体所有,村民在年底还能参与分红,项目带来的就业岗位也将优先向本村村民开放。

台搭好了,接下来,永旺村围绕青创、科创、农创、文创等资源导入,利用产业、人才的回归带动和激活永旺村,根据浙江省"两进两回"等相关政策,畅通城市各类人才下乡通道,吸引企业家、学者、技能人才等回乡创业,并主动承接甬江科创区的溢出产业,着力打造农村"双创"基地……

背靠着甬江科创区,在其辐射作用下,永旺村渐渐成为科创人才、创客们的"逐梦地"和"栖息地"。

2022年5月27日,在全省共同富裕现代化基本单元建设工作推进会上,永旺村获全省首批"未来乡村"授牌。

再走在从小长大的村庄里,感觉就不一样了。悠长岁月被留住了,而一份承载时代的未来场景也被逐渐激活。稻田青了又黄,时光就像人生舞台悄然切换的幕布,一恍惚一出神之间,物换星移。

好庆幸,儿时的回忆和念想都在,在越来越年轻的村庄。

第三章

当你老了

在千头万绪的公共服务领域，我们最终选择了"养老"这一落点。因为宁波很多地方做到了全省第一，更因为这是所有人正在经历的现在或无法回避的未来。

在千头万绪的公共服务领域,我们最终选择了"养老"这一落点。因为宁波很多地方做到了全省第一,更因为这是所有人正在经历的现在或无法回避的未来。

关于这个现在或未来,人人都有大把的经历和经验,心酸和心得,感触和感动,一时不知从何说起,直到采访一位"80后"从业者。他之前是做旅游的,为游客提供各种服务和攻略。考虑转行做养老前,他突然有一个发现——如果生命是一趟无法回头的旅程,"生老病死"都是多数人必达的景点,那我们自幼所受的教育、所做的准备几乎都是针对"生"的。

做改行的决定时他外婆去世不久,妻子刚刚怀孕。面对一大堆孕期食谱和注意事项,感受生命循环,他悲喜交集:"我当时想,助孕、胎教、待产都有攻略,等生命落地、人生起步,各种指导手册一字排开。从辅食添加到习惯培养,从幼小衔接到专业选择,从婚姻经营到求职创业……都是'生'的攻略,很少有指导'老''病''死'的。"

"怎么会没有?"我们不解,"如何养生、如何预防癌症,各种延年益寿长命百岁的宝典不是铺天盖地吗?"

"不不,那都是怎么样可以不老、不病、不死,但没有说,该怎么样面对老、面对病、面对死……"

只有陪着亲人一步步接近人生终点,才知道这每一步的茫然和纠结。

很少有一本书指导我们，当人生垂暮，伴侣离开，昔日好友越来越少，如何一个人面对越来越陌生的世界和无边的孤寂，面对"下一个是你"的恐惧。

很少有人给我们建议，至亲至爱老病相催时，生命的长度和宽度如何取舍。

App上或许可以查到养老机构的基本情况、硬件设施、评价排名，但不会告诉我们，对于渐渐力不从心的父母来说，它到底是不是一个最优选项。

也没有什么专业的机构帮我们评估，具体到每一个亲人的养老，熟悉的环境、专业的照顾、家人的陪伴、经济的考量……这些因素该如何权衡？

"外婆在的时候这事情我也从来不提，我们喜欢对老人说福如东海寿比南山，可谁都清楚，人就是会一天不如一天的。老是一件躲不掉的事，它不仅仅是一个人肉体的衰败，也会导致家庭、社会压力的增大。一个人老了，不只是一个人的事、一个家的事，也是整个社会的事，应该好好准备啊。"

是啊，银发社会已悄然而至。宁波从1987年起就已进入老龄化社会，从2017年开始进入超老龄化社会。截至2021年底，宁波60周岁及以上户籍老年人口有162.6万，户籍总人口占比已达26.3%，比全国高7.4%，预计到2025年这一比重将升至30%以上。也就是说，两三年后，宁波每三个户籍人口中，就有一个是60周岁及以上的老年人。

如何让每个人享受优雅老去的从容，留下体面离席的庄严？宁波一直在积极准备。从市养老服务中心我们了解到，宁波连续十三年将养老服务列入政府民生实事工程，养老服务的硬件设施更加完善，以居家为基础、以社区为依托、以机构为支撑、与医养相结合的多层次养老服务体系初步形成，主要目标是位居全省前列。宁波成立由市政府主要领导担任组长的为老服务体系建设领导小组，建立养老服务体系建设专项资金。

2022年9月起，长期护理保险实现全市覆盖。这是一项通过互助共济的方式筹集资金、为长期失能人员的基本生活照料和与之密切相关的医疗护理提供服务或资金保障的社会保险制度,被称为"第六险"。全市覆盖后,无论山区海岛,还是市区农村;无论职工,还是非职工城乡居民,所有参保人按照人均 90 元标准进行筹资,真正实现了"区域全覆盖、城乡无差别"和"人群全覆盖、身份无差别"。2023 年 1 月起,宁波市所有符合条件的参保重度失能人员,都可享受长期护理保险待遇。

其实,作为全国首批、全省唯一的长期护理保险国家试点城市,宁波自 2017 年 12 月就开始先后在海曙、江北、鄞州、镇海、北仑五区开展了长期护理保险试点,从试点到全市覆盖,花了五年时间。

采访的人越多,我们越理解,一个制度的落地不是听取几个专家的建议然后拍脑袋就可以确定的事,一个体系的建成更不是多花点钱就可以一蹴而就的事,其中有漫长而翔实的调研,有一点一滴的尝试和改变,有越来越多人的参与,有两难取舍,有艰苦突破。

我们决定从年轻从业人员的视角去讲述生命的困局与突围、无奈与高贵。他们都以"生"的蓬勃青春义无反顾地投身于"老"的准备事业中,他们现在的选择和态度,多少影响着将来的我们会被怎样对待。

◎ 养儿防老,防的是"孤独终老"吧?

朱海云 40 岁,是余姚大岚镇后朱村最年轻的党员干部。

过去十年,这个"80 后"送走过好几位村里的独居老人,她记得他们的最后时光,有些意外令她终生难忘,她给很多人讲过。

"那一排房子都空了,就他家住着人。老头一个人住,书记说谁有空就去敲敲门。那天快过年了,我们送东西过去,雪很厚,远远地看到灯开着,可越走近心里越慌，人是有预感的，你其实知道事情不对。果然，门敲不开，最后我们是爬窗子进去的。他蜷在灶口，应该是做饭的时候倒下的。看到他的第一眼我就知道，没办法了。但一口气在，还得送医院。先到卫生院，再到余姚市人民医院，陪了三天，医生说，各器官都已经衰竭，救不回来了，不如回家，至少人舒服一点。"

这是她头一回给老人送终，无比触动，不仅仅有对一个看着自己长大的老人的怜悯，还有对自己将来的隐隐担忧。

老人的儿子联系不上多年了，村里就安排人轮流照顾。男的晚上陪夜，朱海云白天值班，听着老人长一声短一声的呻吟也害怕。她壮着胆子和他说话："阿爷，哪里不舒服呀？""阿爷，牛奶吃点伐？"老人说不出话，偶尔眨两下眼睛，好像看着她，又好像看着很远的地方。

人之将死是看得出来的，他眼球凹进去，眼眶和颧骨就异常凸出，整张脸都是灰的。她不敢久看，每次喂完粥，或者翻过身，就搬把椅子坐外面喘口气。

她从小在这里长大，门外这条山路再熟悉不过。从后朱村到大岚镇有四五公里，以前上学时还没通公交，走路要近一个小时。

再往外，从大岚镇到余姚南站，城乡公交要停59站，开一个半小时。

出去不容易。朱海云因为外出读书短暂地离开后，很快又回到大山里。父母觉得自己年纪大了，总得有个孩子在身边。弟弟是男孩，要出去闯，当姐姐的留下来理所当然。她也是这么想的，只是那时没料到，她不但要照顾父母，还要给村里那么多老人养老送终。

在2012年通过招考成为村干部之前，朱海云做了五年幼儿园老师。大岚镇只有一个幼儿园，每天早上6点多，她就要跟着校车出发，沿着蜿蜒的山路，到各个村去接孩子，傍晚再挨个送回去。虽然起早贪黑收入不高，但看着小孩笑，看着小孩闹，她就觉得日子明亮。成为负责养老工作的村干部后,她觉得生活好像突然被按下了静音键,那些需要村里照顾的老人家里,几乎没有孩子的奔跑吵闹,没有年轻人的聊天说笑,也没有锅碗瓢盆油烟沸腾的热闹,甚至连死亡都是静悄悄的。

朱海云认为突然离开的老人很可能有基础疾病,只不过自己不知道。所以村里一年一次体检,她极力动员大家去做,但很多老人积极性不高:"查到了又怎么样?"

她知道他们是怎么想的:孩子都在外面,回来带他们看病多麻烦。再说他们自己要买房,要养孩子,哪有钱看病?不体检,就不会陷入这个难题,真有不舒服了,到卫生院找姚院长开点药就好了。

这种消极的态度让朱海云有点灰心。"那个时候我想,孤独终老真可怕。养儿防老,主要是防这个吧?可在农村,年轻人终归是要出去的。像我这样留下来的到底是少。那我老了该怎么办呢?"

这种担心很像小时候在学校排队打预防针:知道队伍还长,还没有轮到自己,但是看着前面的同学,看他们痛、他们怕、他们哭,也开始战战兢兢不敢挽起袖子。

但这不是后朱村特有的问题,也不是一个村可以解决的。2015年10月,大岚镇要开展居家养老服务试点工作,后朱村党支部书记黄建炯和大家商量后,决定从让老人吃上一口热饭开始。

一开始的时候也有争议,那会儿后朱村集体经济年收入不过10万元左右,一弄肯定亏本。黄建炯说:"别的我们能做的也有限,弄个食堂烧好饭,他们过来吃也好,或者我们送上门也好,至少每天都能见上一面,聊聊天,了解了解情况,总归热闹一点。"这一点倒是有说服力,于是大家又讨论怎么开源节流。后来大家想到一个人——60多岁的村民朱梦炎,公认烧饭好吃,以前村里红白喜事,都请他掌勺。黄建炯和他商量:"我们想来想去,这件事情还是要做。村里经费有限,一天烧两顿,一个月只能给1600

元,也实在不好意思。"朱梦炎并不计较,说反正闲着也是闲着,趁还烧得动,愿意给大家服务。

2015年11月底,老年食堂开起来,每顿一荤一素,荤菜和一小部分素菜是外面配送的,朱梦炎还开了片地,种了些蔬菜。有村民自己种的菜吃不完,也会拿过来。菜品基本一周不重样,新鲜实惠,人人满意。对于行动不便的独居老人,村里还专门组织党员志愿者送餐上门。

这种农村老年食堂的运作模式雏形早于后来在省里拿志愿者项目大奖且被《人民日报》点赞的奉化"孝膳堂",也早于宁波在全国率先推出的"爱心车轮"老年助餐服务。其实,它一点点被摸索出来的时候,没有人觉得有什么了不起的,大家不过是凑在一起想了点办法,让深山里的老人不再那么孤独。

◎ "动不了""听不到"后,怎么办?

城里人的晚年会比农村更热闹、便捷一点吗?

2015年,何冬梅刚刚成为海曙区新典社区社工,同事就带她去看了一个特殊的人家。

他们在屋外咚咚地敲门,老太太在屋里砰砰地敲盆。

好一会儿,终于听到老爷子的大嗓门:"来啦,来啦,啥人啦?"

门开了,一个花白的脑袋冒了出来,同时迎上来的还有一种说不出来的味道。

狭小的一居室几乎没有落脚的地方。木板、纸盒、衣服、鞋子等物,一件挨着一件,床上、桌上、地上,到处都是,有的已经沿着墙"爬"到了天花板。卧室的窗被杂物挡住了大半,只留下一个角。勉强挤进的一缕阳光打在地上，是这个屋里唯一的光源。

屋里并排放了两张床，上面被褥衣物团成一团。老太太蜷缩着干瘦的身躯，填满了床上剩下的空间。

周阿香84岁，陈高平89岁。这老两口，一个动不了，一个听不到。

两人的沟通工具是挂在床头的一只铝盆，以及一根加长了的"不求人"。周阿香叫老伴听不见，就用"不求人"敲盆。

"砰、砰、砰——有人敲门了！"

"砰、砰、砰——要换尿不湿了！"

"砰、砰、砰——饭吃好了！"

周阿香往往要敲好几下，陈高平才能听到。周阿香也不敢敲得太重，怕吵着邻居。

他们退休前都是企业工人，十多年前拆迁搬到了这里。因为肌肉萎缩，周阿香已经十多年没有下楼了，绑着成人尿不湿，日夜坐在床上。社工去时，她正仰着头，干瘦的嘴吃力地吞咽着口水，斜视着对面桌上的电视。央视11套在重播不知道哪一年的《春节联欢晚会》，她看不清楚，老头听不见。电视开着，只为图一个动静。

她没有其他的娱乐方式，也已经很难再像几年前那样和老伴说说笑笑了。陈高平这些年耳朵越来越背，每天在客厅翻报纸打发时间，偶尔往屋里看一眼。

玻璃板下面压了很多老照片，有戴个大红花上台领奖的，有去天安门、长城旅游的。见何冬梅在看，陈高平说："年纪大了，跑不动了，一点'花头精'也没有了。"因为听不到，他嗓门特别大。用最洪亮的声音说最无奈的话，让人听了心里说不出什么滋味。

老年是人生中最无助最不浪漫的一个阶段，年轻时健壮的身体可以为一切难关寻得出路，但老病的肉体本身就是没有出路的难关。陈高平说他已经几个月没下楼了,一怕老太婆叫没人应,二也是真爬不动。一日三餐都是儿女买菜送来,自己做好端到床头。

"老太婆不生毛病就好,你去看看楼下老钟,哪趟去医院不是伤筋动骨。"

老钟原来住四楼,在一楼车库开个小店配钥匙。老伴患了尿毒症,一周三次血透,每次都是钟师傅把她背下楼。

对行动不便的人来说,楼梯就如天堑。一个老人近百斤的体重足以让一个青壮劳力筋疲力尽,何况是一个同样的垂老之躯。到了实在背不动的那天,老钟就在一楼店里支张小床,让老伴睡在里面,方便出门。

小区车库是不能住人的,何冬梅想去劝他们搬出来,才到门口,就感觉一股湿热之气扑面而来。

"毛病一天比一天严重,现在站也站不起来了。"钟师傅压低声音,"这里太难受了,我想把楼上租掉再租个底楼的,找来找去找不到合适的,不晓得还能捱几天。"

何冬梅什么话也说不出来了。

都说金窝银窝都不比自家草窝,偏这草窝在山顶之上,每一次来回都像登峰之旅。

好在,就在何冬梅来这个老小区的第二年,宁波被列为全国首批居家和社区养老服务改革试点地区,那些"草窝"陆陆续续有了一些改变:一些高龄老人家里装上了扶手,改造了坐便器;有需要的独居老人,可以通过政府购买服务的方式请钟点工;送餐服务也启动了,只要付个成本价,每天中午和傍晚,热腾腾的两菜一汤就会由社工送上门……

海曙区开始推行政府为高龄、独居的困难老人购买居家养老服务的政策时,何冬梅最早想到的便是陈高平夫妇。陈高平照顾周阿香样样周到,唯有洗澡吃不消。"洗"是想也不敢想了,光擦个身子就是一个浩大的工程。他跪在床上,从后边托着老伴的胳膊,抱她坐起来,后来抱不动了,就用一条干净毛巾垫在她身子底下，抽一下，滚动一点，这样翻身，擦背……显然，专业护工要利落得多，除了洗澡，还有理发、剪指甲，边服务边热络地聊天，老爷子听不见，但一直在旁边看着，突然眼角湿润，长叹一声："我总算解放了！"

但下楼还是难题。

陈高平天天看报纸，2017年，白鹤街道孔雀社区新装了电梯，这是宁波首个老小区加装电梯工程破冰，比杭州等地都早。人家楼上楼下都是知根知底的老邻居，也需要17个部门协调，社区工作人员挨家挨户沟通，就这样前期工作都做了三年。要真正推广到自己的小区，还不晓得什么时候。

一天天盼，也是一天天地熬。

很多时候，一两个试点容易，但真正要推广，会遇到各种各样的问题。有的是因为人多资源和服务容易跟不上，有的是因为需求的千差万别。老小区加装电梯如此，针对重度失能老人的长护险也如此。

丧失生活自理能力的老人被称为"失能老人"。按照国际通行标准分析，吃饭、穿衣、上下床、上厕所、室内走动、洗澡六项指标，一到两项"做不了"的被定义为"轻度失能"，三到四项"做不了"的被定义为"中度失能"，五到六项"做不了"的被定义为"重度失能"。

看起来，就是一个老人慢慢地退化成一个无助的、吃喝拉撒都要人照顾的"孩子"。有些是因为身体的力不从心，有些是因为老年失智。而在这个过程中，日复一日地照顾，对家人来说是一种很大的负担，这种负担不光是体能上的，还是精神上的。

说到底，专业的事还需要专业的人来做。

何冬梅在2017年就听说了宁波在海曙等五个区开展了长期护理保险试点的消息，但打听来打听去，好像只有少数养老机构可以申请。她也和同事们讨论过，什么时候居家养老的老人也可以申请就好了。同事说，那人可多了,哪有那么多专业的护理员来提供服务。再说,什么样的老人可以申请?优先服务谁?服务的标准怎么制定?都是问题。还有费用到底怎么出,每人应该缴多少费,个人支出比例该定多少,都需要测算……

一个制度,关注度越高,覆盖面越广,受益人群越多,越需要谨慎。

只是陈高平越来越力不从心了。周阿香便秘,他跪着给老伴抠,折腾半天,满头大汗,最后只能找社区帮忙。何冬梅只能再给她临时联系护工,按摩一阵子,再用通便药,总算拉出来了。陈高平去倒的时候肩膀在抖,何冬梅知道他哭了。人越老,感情越脆弱。老太太以前是个体面的人,老了竟遭么多罪,吃那么多苦头,但自己又没有办法,所以难过。何冬梅都理解的,就是不知道怎么去安慰。

何冬梅问过爱热闹的周阿香,为什么不去住养老院,她觉得养老机构更适合他们。"把这套房租掉,再加上你们退休金,找个好的养老院。专门有人照顾,聊天的人也多。"

"房子租掉,这么多东西摆哪里?"周阿香摆摆手,"像我这样动不了的,照顾麻烦,费用肯定高。称心的养老院住不起,不称心的,还不如家里。"

她看看身边的老头子,"哪天我走了,他一个人,让他去住养老院。"

"你说啥?"不知道为什么,这句陈高平倒是听到了,大声反对,"不去养老院!"

◎ 养老院为什么没住满?

宁波慧享家养老服务有限公司负责人顾世中很久以前就想改行做养老院,妈妈庄雅萍没有同意。

庄雅萍自己就经营过多年养老机构,那家政府投资1250多万元建设的公建民营颐养院是2009年原江东区"十大民生实事"之一。当时宁波城区的养老院不到20家,公立养老机构一床难求,来登记排号的,比床位数多出好几倍。庄雅萍刚从卫生部门退休,觉得还可以发挥些余热,就受邀成为负责人之一。

几年后顾世中的外婆患上失智症,也被接到了这家颐养院。他外婆是上海的退休老师,在来宁波前,就住在上海的养老院里。那是全家人精挑细选的地方,硬件不错,工作人员也尽心尽责,而且离原来的家很近,顾世中的舅舅和姨妈每天都可以去探望。但有一次,顾世中和母亲去,老人眼泪汪汪地拉着外孙的手,说:"我饭都没吃过,他们不给我吃。"顾世中一听火了,舅舅颇有些尴尬地解释道:"她现在有些老糊涂了,我是看着工作人员喂的。"

顾世中不相信外婆会这么糊涂,她看起来清清爽爽,每天读书练字,诗词古文脱口而出,上回来还能用小楷默下完整的《春江花月夜》,怎么可能不记得吃没吃过饭。

庄雅萍有经验,她知道老母亲十有八九患上了阿尔茨海默病,症状之一就是会对一些很久远的事情记得一清二楚,却不太记得最近的事。她很快做了一个决定,把母亲接到宁波来。

顾世中开车接外婆,他担心老人不肯离开故土,母亲却笃定:"现在哪儿都一样,她也不知道。"车窗外风景飞快后退,宛如时光在倒带,庄雅萍说:"妈,我们回家。"老人温顺地点头,顾世中突然很难过:她果然是不知道了。

老太太住进了庄雅萍的养老院,这里和上海最大的不同就是有专业医护人员。像外婆那样失智的老人也不少,顾世中看到一位老人突然冲出房门,大声喊叫:"快走,先锋部队已经出发了,我们得赶紧跟上!"护士严肃地拉住他:"团长,最新消息,前方打了胜仗,我们原地待命就行了。"

还有个老头，每天要吃十几种药，每次吃药的时候，他都会把每种药问一遍，是什么，做什么用的，有什么副作用；每一次解完手都会拉护工来看，问：大便是不是变软了，是不是比昨天拉得多，怎么会这样，明明吃的是一样多的呀，是不是吃的药不对，要不要通知儿女再挂个号去看看。一天，护工正忙，放下药说一句，"快吃吧，难道我会毒死你？"一句话他推敲了几个小时，他打电话给儿女："这是啥意思？她这么狠心要毒死我吗？她是不是真的希望我死呢？我死了大家都高兴了。"

这位护工被严厉批评，但顾世中觉得完全情有可原：扪心自问，日复一日面对这样一位老人，连至亲家人都未必时时保持耐心吧。

庄雅萍说，长期护理失智病人不易，家人的烦躁是可以理解的，但专业人员就要有专业的态度。

按照以前的结论，老年失智是一个不可逆的过程，医学介入只能起延缓作用。但按照最新的研究成果，对于已经失去自理能力的中重度患者来说，科学合理的训练，还是可以帮助他们恢复部分功能并提高生活质量的。训练其实并不复杂，就是像孩子那样手把手地教，只是需要看护者有超乎常人的智慧和耐心。

但这样的看护者很难找。

后来顾世中的奶奶患上了结肠癌，手术后庄雅萍把她接到自己家里照顾。

顾世中之前去妈妈工作的颐养院探望外婆，意外发现那里居然没住满。他想，如果奶奶能和外婆一块儿住，有工作人员，妈妈肩上的担子可以轻一些，省得两头操心。

"好呀，还是这样好。"奶奶笑眯眯地同意他的建议。但妈妈不置可否："现在床位紧，等空了再说吧。"

"不是有空位吗？"顾世中事后问。

庄雅萍说，"你看不出来呀？她一会儿担心花没人浇，一会儿又说自己烧饭好吃、方便，明显还是想待在家里，想和我们一起吃饭。"

顾世中后来发现，很多老人的想法和奶奶一样。早在2012年，宁波就围绕养老工作开始立法调研，报告分析，一些养老机构的环境和服务与老年人家庭化、人性化的需求尚有差距。便宜又好的公办养老机构住不进，能住进又让人满意的养老机构又承担不起费用，能住进又便宜又实在达不到自己的要求。此外，很多老人还是传统的观念，不愿离开家，更想在自己熟悉的环境中走完生命的最后旅程。

人家的印象中像颐乐园这类市区公办养老院一床难求的新闻频频见诸报道，社会化养老服务体系不健全和养老服务供给总量不足的问题也一再被提及。但事实上，经过多年努力，截至"十二五"末，也就是2015年，宁波养老床位"一床难求"的困难局面已经基本扭转，全市共有养老机构245家，床位46439张。

只是很多床位空着。

当时的《中国养老机构发展研究报告》显示，2014年末全国养老床位空置率达48%，其中北京空置率为40%—50%；上海空置率为30%—40%；在杭州和宁波，情况也不容乐观，空置率为40%—50%。

庄雅萍负责的颐乐园收费比一般公立养老机构稍贵一些，但在市中心，硬件和服务都是有口皆碑的，性价比不错，没有住满还有一个很重要的原因，就是护理人员不足，和床位不匹配。

愿意做养老护理的人少，顾世中陪着妈妈去各保姆市场碰运气。在海曙区保姆市场，他们一进门就碰到一个阿姨在大哭，她刚从一位独居的半失能老人家里出来："没碰到过这么古怪的人，吃喝拉撒都得我管，一天到晚担着心，吃点苦头我都不计较，但他说话也太难听了，家里缺东西就怀疑是我拿的。上一次说金项链不见了要报警，后来他儿子找到了，藏在鞋盒里,现在卫生纸少了也算我头上,这趟加多少钱我都不回去了。"

顾世中和妈妈面面相觑,海曙区保姆市场的负责人苦笑一声,"你们看到了?老人找保姆,比找对象还难。1000个保姆中,愿意照顾老人的只有150人。这不是我瞎讲的,我们调查过的。能干的人做月嫂、育婴嫂,清爽、收入高。文化不高的,做钟点工更轻松。"

而且,就这150人里面,多数也不专业。"没有培训过的,你们也不满意。"

顾世中想到一个问题:"我们为什么不去培训机构找?"

庄雅萍摇头,"哪有那么多机构?"

2016年浙江省"两会"前,省政协委员、宁波市计划生育委员会秘书长傅静君做过一个关于养老护理培训的调研,发现全市仅有的几家拥有养老护理培训资质的机构均是以家政培训、母婴培训等多种培训混合经营的模式存在的。宁波大学女子学院就是其中之一,但建院十来年仅培训了养老护理员300余人。

其实对于养老护理员的培训,政府是有补贴的,但民间资本创办养老培训机构的运营成本还是太高。在宁波注册市级养老护理培训机构,按规定必须保证300平方米的理论教学场地,并须配有实习场地和办公场地,教学及管理人员总数应不少于5人。计算一下房租、人员工资、运营费用、推广费用等,培训机构一年的运营成本少说也得80万元。按照目前对初级养老护理员的培训补贴500元每人计算,扣除相应税费,每年至少得培训2000人次才能保持盈亏基本平衡。

庄雅萍算算账,觉得要达到这个数字真挺难的:"一般的保姆没什么学习动力,年纪轻点的更不愿意来学。"

她也去其他城市考察过,北京、上海等大城市,养老机构也有同样的问题:护理员专业度不够,而且年龄偏大。短时间内,突破养老护理员短缺的瓶颈看起来很难。

所以庄雅萍一直不太同意儿子也从事养老这一行:"我们退休的人做做差不多,现在养老护理员那么缺,你要慎重考虑。"

◎ "90后"养老护理员

2015年,宁波大学医学院护理专业本科毕业的赵敏决定把养老护理员作为自己的第一份工作时,很多同学觉得不可思议,进医院当护士本来蛮好,事业编制,去一家听都没听过的公司做保姆,怎么想的?

赵敏毕业前已经在宁波市医疗中心李惠利医院实习了很长一段时间,辗转了几个病房,患者大多是风烛残年的老人,照顾他们的也都是老人。

老太太七十多岁了,为了照顾老伴,在护理床上睡了四年,每到后半夜腰就剧痛,拍了片,骨头像破锯木一样东倒西歪。老爷子插上呼吸机就没有再拔下来过,儿女都忙。赵敏问她,"为什么不请一个护工?"老太太说,"请过,那个护工怕病人夜里拔管,把他的胳膊用绳子捆在床架上,第二天我看到老伴硌青的手臂,就让人走了。"

"人老了就不值铜钿了,"她叹着气,像安慰自己,"都会有这么一天的。"

那年赵敏22岁,陶喆有首歌叫作《二十二》,里面唱:"安定的日子不一定就是幸福,忘不掉他在心里做过的梦。"22岁真是个不知天高地厚的年纪,穿过一张张病床的时候,她觉得可以一眼看到今后漫漫数十年:在病房里,从一个小护士做到护士长,或者护理部主任,等老了再躺在病床上等人照顾……

这个时候她看到了"小柏家护",一家刚成立的信息公司,她被创始人赵霞演示的PPT吸引:在有护理需求的居家老人和能提供专业服务的护理员之间搭一个平台,平台上能查看各种护理员的身份信息、技能水平、工作经验、收入要求及以往服务评价，老人或家属选好合适的护理员，在线支付即可。

"这个看起来好像比滴滴打车还要高级。"后来说起来，赵敏自己也觉得好笑，"就是一个没见过大世面的外地小姑娘，一下子被震住了。"

科班出身的赵敏很快就入了职，当时专业的护理员很少。她这样的本科生也得从一线做起，先接受培训，然后上岗去护理老人。

"已经学了四年护理的人有什么好培训的？"好友不解。

"那不一样。"赵敏解释，比如说对卧床老人的擦浴，听起来就是用毛巾擦擦身，但这里头有讲究的。尤其是在会阴部，用湿毛巾擦拭后，还要再用干毛巾，局部位置还需用吹风机低温吹干，这样才更透气。

"还'会阴部'，你不如直接说又专门去学了一遍如何给老人擦屁股！"好友恨铁不成钢，"亲爱的，你是疯了吗？你知不知道放弃编制意味着什么？"

真不知道。那个时候的她，只觉得哪里工作不是工作，想做点不一样的。

最早接到的单子是来自一个白血病晚期的老爷爷的家属。老人忍受着癌症晚期的剧痛，彻夜呻吟像钝刀子，划拉着每位家人的心。家属说："我爸很固执，我们费了好大劲才说服他请一个护理员，脾气不好请多担待！"

老人的身体仿佛早已逐渐退化成一个零部件都坏掉的机器，但他头脑依然清晰，很快记住了她的名字，他看着她叫"小赵"时，眼里亮晶晶的，不知是年轻时的剩余锋芒，还是一层终于向病体妥协的盈盈泪光。

她能理解他的粗暴和不耐烦。鼻饲的管子老捅鼻子，时间长了，鼻腔烂了，只能勉强着喂点米汤。她喂得小心，他吃了两口就皱眉，"我没胃口！你别忙了，你自己先吃。"给他按摩缓解疼痛，没多久他就摆手，"好了好了，你坐一会儿。"处理排泄物他没法拒绝，她听到一声很轻的叹息："麻烦你。"

三天后老人病情急转直下，赵敏很冷静地配合医生抢救，但是心里清楚，他大限将至。护工把老人放在推车上推着，一路颠簸。他看上去无依无靠，上衣在忙乱中褪了上去。赵敏看到，大家都以为没了意识的老人竟伸手做了个拉衣服的动作。

他在维护自己最后的体面。

她赶紧走上去，帮他整理好衣服，在他的耳边说："爷爷，没事了，我们回家了。"

老人真正离开后，她难过了很久。这是她第一次真正意义上送走一个人，一个在短暂的相处光阴里努力不给她添麻烦的人。

她给好友打电话，但又不知道怎么说。她不太愿意把老人和家属称为"客户"，因为在医院里，谁也不会把患者称为"客户"。

"但你见到他的第一眼，就知道他好不了啊。"这回好友不骂她了，只说，"在医院也很辛苦，也要看着一个接一个的患者走。尽全力了就好。"

老人的后事办完后，家人特意向她表示感谢："爸爸走得快，那是没有办法的事。但你来了，他比以前舒服多了。我从他眼里看得出来的，那时我就在想，太好了，总算踏实了。"

"舒服多了"四个字让赵敏的心里一松，回想起来，自己刚到他们家挽起袖子戴上手套利落地处理老人的排泄物时，他们看她的眼神，真的就像在医院里看主刀医生，全是感激和尊敬。如果"死"是一个必然会到达的终点，医生护士的工作是让那一个终点再远一些，让脚下的路再长一些；而赵敏的工作，是当这段路上的同行者越来越少的时候，尽心尽力地陪着、搀着老人，让老人更从容舒服一点，让家人更安心轻松一点。

那就做好这份陪伴的工作吧。

◎ 从送饭到陪伴

大岚镇的深山里,朱海云对老人的陪伴,是从送饭开始的。2017年11月,朱海云从大路下村回到后朱村工作,2018年开始管理老年食堂。

后朱村老年食堂开张没多久,山上下了第一场雪。

650米的海拔,下场雪少则一两天,多则十天半个月。一脚踩下去,积雪没过脚踝,下面还有一层五六厘米厚的冰。电瓶车开不了了,朱海云挑起了扁担。两个人搭档,前面一个人拿着锄头砸冰锄雪开路,她则挑起放着餐盒的竹篮,两手紧紧抓牢篮子,迎着刺骨的风,一步一晃往前,就为老人开门那一刻,热腾腾的欢喜。

时间长了,村里形成了一支党员送餐服务队。到了2018年秋天,出了桩意外,让送餐服务队升级了。

85岁的独居老人朱顺花被村民发现倒在家里,送到大岚镇卫生院,接着送到余姚市人民医院、宁波市医疗中心李惠利医院,抢救了半天才苏醒过来,一问,居然已经躺了两天。她是10月27日的后半夜起夜时不慎摔倒在地的,要不是10月29日上午有村民来找她,她可能就撑不下去了。

朱海云和妇女主任朱何仙去看时,老人已经哭不出声音。"左手痛也痛煞了,站也站不起来,喊也没人听见,真真叫天天不应,叫地地不灵。"

朱海云想到一件事:"你怎么好好地不订饭了呢?要是天天有人送饭,也能早点发现。"

老太太说,寒天和热天她都订的,这阵子不冷不热,田里摘点菜,自己可以生火做饭,就不订了。她强调了好几遍:"倒不是怕费钞票,只是哪里有天天坐等吃的道理?"

考虑到老年村民的实际需求,后朱村的餐费是按月弹性结算的,普通的80—90周岁的老人每天8元,像朱顺花这样的五保户以及90周岁以上的老年村民每天 5 元,情况有变动的话,村民也可以中途要求停止送餐服务。

　　朱海云回来汇报,黄建炯说,他也想到了。本来想着可以借送饭的机会加强对村里独居老人突发事件的防范工作,现在看看还不够。他和大家商量,最后决定,就让党员志愿服务队的 15 名党员干部志愿者与独居老人结对成联系户,每天抽空到老人家里串串门、聊聊天,遇到突发事情第一时间有效处置。也是从那时起,党员志愿服务队改名为"岚山暖巢服务队",一人发了一件红色马夹,算一支正式的队伍。

　　朱海云工作量明显大一些,因为她的结对对象是王亚芬,一个特别会聊天的老太太。一见到她就说个不停。

　　"饭吃过了吗?"

　　"吃过了。"

　　"家里吃的?"

　　"食堂吃的,随便吃了点。"

　　"哪能随便吃呢?你这么瘦,要吃点好的。上个礼拜我儿子回来,带了一样菜,大饭店里烧的,菜叶包豆腐包肉,吃到嘴里有肉有菜有豆腐,这个饭店老板是我儿子的好朋友,以前开饭店的时候还问我儿子借了 3 万元钱,现在我儿子随时过去吃,兄弟一样……"

　　老化的最大特征是重复,同一件事情对同一个人讲好多遍,每一遍都像第一次那样新鲜。该叹则叹,该怒则怒,每一次笑也和上一次一样发自肺腑,下次去,又是同样的开场白——

　　"饭吃过了吗?"

　　"吃过了,家里吃的。"

　　"哦,家里吃好,上个礼拜我儿子回来吃饭,带了一样菜,大饭店里烧的……"

对忙碌的朱海云来说,陪王亚芬聊天就像牵一只原地打转的蜗牛散步,实则苦差,而且这只"蜗牛"天天等着她,哪天不去还会找上门来,顺带捎一堆自家种的玉米和土豆。朱海云总觉压力巨大,比陪自家老人还累,对自己妈妈还能大声说一句:"哎呀,你讲过多少回了,别啰唆了!"

可是有天去,大门敞开,却不见王亚芬笑眯眯地迎上来问饭吃过了没,四下找了一圈没人,朱海云慌了,喊来妇女主任一起找,终于在她家后面的沟里听到一个微弱的声音在喊"救命",一看果然是不小心摔下去的老太太。朱何仙赶紧联系结对医生,让医生陪着,黄建炯开车先将老人送至镇卫生院,后转至余姚市人民医院急诊。老人的老伴及两个儿子均在外地,朱海云给他们打电话的时候手都是抖的,心里慌得不得了,她想这条沟足足两米深,不知道老太太是怎么滚下去的,老人都是摔不起的,何况80岁的人了……

还好,因为发现及时,老太太保住了一条命,两个月后出院,医生说只能躺着,这么大年纪,再站起来怕是难了。虽然老太太有老伴照顾,朱海云还是天天去。王亚芬这回没力气啰唆了,朱海云怕她憋出毛病,主动找话题:"今天我和朋友在外头吃的饭,还真吃到了你说的那个菜叶包豆腐包肉……"

王亚芬开始闭着眼睛听,渐渐地眼里有了光亮,几天后就可以应上几句。可以坐起来后,她的聊天水平也迅速恢复到摔倒之前。两年后,经过几次复诊,她竟然可以拄着拐杖在院子里散步了。当然,这期间她儿子也常回来,不断给她补充着新的谈资。

现在朱海云每次去,看到老太太蹒跚着上前问自己"饭吃过了没"时,还是会不由得头皮一紧。但她愿意静下心来,陪这个热情而顽强的老人回味点点滴滴的生命滋味,细细咂摸那些零碎的幸福。

◎ 当你走到最后孤身一人

一个人老去，生活到底什么滋味？日子是甜多一点，还是苦多一些？新典社区有的是生活优越、儿孙绕膝的老人，但何冬梅和同事们重点关注的都是孤苦伶仃、步履艰难的。

钟师傅的老伴走了，钟师傅又回到了楼上。何冬梅怕他难过，也怕他神思恍惚出什么事，常找各种理由去看看。社区有过先例，有个84岁的老太太在老伴去世后，把自己封闭起来，连儿子都不让上门，结果油烟机因为长期不清洗突然起了火，要不是他们发现得早，差点酿成大祸。

社工上门次数多了，钟师傅也明白了："我想得通，现在我店也不开了，反正钞票够用。你们真不用一直来。社区里有什么活动来喊我，有什么要帮忙的喊我，我现在空了，都参加。"大家很感激他的体谅。

老伴走了以后不大正常的是天天收破烂的老程，收来的破烂在楼道堆得连个下脚的地方都没有。

其实老伴走之前老程也收破烂，但收了基本当天卖掉，说补贴老伴的药费。老伴比他大8岁，有糖尿病、关节炎，还装着心脏支架。

"少年夫妻老来伴，只有我照顾她，我自己苦一点没有关系的。"他说。

"什么'少年夫妻'，"他的邻居告诉何冬梅，"他们就是半路夫妻，老太太是二婚，有儿子，没什么劳保，老头儿没孩子，但退休金高，总拿来补贴那个继子，也不晓得图什么。"

邻居不喜欢邋里邋遢的老程，但也承认，老头虽然固执，对老太婆是极好的。何冬梅常常看到他用小三轮载着老伴出来遛弯。老头儿脏兮兮的，老太太倒是干净，衣服笔挺，两人一前一后，边骑、边笑着聊天……

以前老程对大家的态度也是很好的，社区和物区去处理破烂堆放问题，他马上就卖掉。问他生活上有什么困难，社区可以想办法帮忙解决，老程总是摆摆手,"不麻烦社区了,我有劳保,我还能动,可以自食其力的。"

现在老伴走了,老程的心理也垮了。他接着捡破烂,但不惦记着去卖了,任由破烂在楼道堆成山,谁去说也没用,弄得邻居怨声载道。

社工们轮流上门,但失去老伴后的老程性情大变,每一次都指着他们的鼻子骂。他们把破烂处理掉,他就追到居委会,把桌上的资料全推到地上,差点巴掌要扇到社工面孔上。

处理一次,闹一次,何冬梅觉得老头又可恨又可怜:"也许他的执念不是收破烂,是老伴还在时的生活?"

转机是新典社区打造居家养老服务站,里面搭了乒乓球室、棋牌室,有一回老程经过,在乒乓球室前顿了顿,旁边社区主任汪威马上不计前嫌和他打招呼:"老程,来一局?"

有了这一局,老程便成了这里的常客,社区再去收他的破烂,他就没有那么大的反应了。

后来街道里设了老年大学的教学点,汪威又鼓动老头儿去学棋,于是他出去捡东西的时间就少了。再后来,还有大学生志愿者上门服务,念念报纸,聊聊天,爷爷叫得甜,老头儿盼着他们来,不但楼道里不乱堆了,家里也收拾得干净。

有适老化改造机会的时候,社工最先想到的也是老程。但老程说,不用了,他的继子将接他一起住。"我说一个人住惯了,他非要叫我去!"他一边抱怨,一边眼睛笑成了一条线。

谁也没有想到,老程好好的,身体一直很好的钟师傅在一次和一群朋友出去周边游后,突然身体不适,摔了一跤,走了。

何冬梅第二天在小区碰到他儿子才知道噩耗,惊讶得说不出话来。儿子说,爸爸一个人住,摔倒也没人知道,等发现送到医院,已经来不及了。

现在说起来,何冬梅还是有点难过。其实只要再等上一段时间,钟师傅就可能等到宁波各地陆续启动的适老化改造，内容涉及"如厕洗澡安全、室内行走便利、居家环境改善、智能监测跟进、辅助器具适配"等方面，"一户一案"，比如管道电路重新布线安装，洗澡间添置折叠浴椅，马桶边安上扶手，走廊上亮起小夜灯……有了这些，老人就不容易摔倒了。

除此之外，这些年，有智能感应系统的家庭养老床位也在有序地推广，这套系统能 24 小时实时远程监测老人的心率、睡眠质量、居家安全状态。还有智能床带、一键呼叫、门磁感应、水浸报警、烟雾报警和煤气报警等设备，有什么意外状况，可以第一时间通知社区和儿女，安全系数大大提高。有些地方还开发了更简便的一键巡检、一键呼叫等数字应用场景，免费为高龄、困难老人家庭安装了"一键通"，提供紧急呼叫、亲情通话、智能定位等全天候服务。

除了这些硬件，越来越多的社会资本和第三方公司开始参与到非营利性居家养老服务的运行中来。更丰富、更人性化的服务也进入到老年人的家中。

◎ 将更多资源普及到普通社区

在《宁波市居家养老服务条例》出台前，顾世中成立了宁波慧享家养老服务有限公司。

外婆在养老院去世以后，他的妈妈庄雅萍悲伤了很长一段时间，处处睹物思人，这时一家高端养老社区向她发出邀请。顾世中劝她，换一个环境也好，顺便也看看别人是怎么做的。

这个社区真的很贴心，处处是适老化和无障碍设施的设计，包括具有防滑功能的地板、高度适宜的扶手、边缘做了圆角处理的家具等。在客厅、卧室和浴室最顺手的地方设置了拉绳报警器,方便老人遇到紧急情况时通知社区工作人员。

社区拥有完善的配套设施,能够提供餐饮、医疗护理、健身运动等多种服务,阅览室、舞蹈室、观影室、KTV、台球室等一应俱全,社区里还设了老年大学,国画、书法、围棋等课程很丰富,还有洋气的非洲鼓,还定期组织出去游玩。

针对不同程度的失能老人,这里有宽敞的护理院,床位充足,还引进了附近医院的医疗资源,定期给老人进行健康检测,并且提供全托服务。

当时,养老社区还是一个新兴事物,能看得出来,它在努力打造一个幸福晚年的样本。当然,就像广告里说的那样,它主要服务"中产以上"的老人:你要先买得起这里的房子,才能享受这样的晚年。

"社区本身是非常不错的,我就是觉得,这些只针对少数人的养老产业,发展前景挺有限的。"庄雅萍和儿子讨论:"有没有可能,这些服务以较低的成本普及到普通社区,让更多的老人受益?"

而在这之前,她的好朋友,省人大代表董雅琴提出一个"社区微机构"的概念,她觉得养老机构的规模不是越大越好,床位也不是越多越好。既然那么多老人都不愿离开家,那不如在社区设立没有围墙的养老院,"微"既指规模,也指投入,一二十张床位,几百平方米就能运作,由社区为失能、失智老人提供生活照料、康复护理等服务。

庄雅萍说,还有很多资源可以引进,高端养老社区里有医生坐诊、老年大学,普通社区也可以有。

这些资源如何物尽其用?顾世中也经常参与那些阿姨们的讨论,一个方案渐渐地在脑海中成形。他觉得可以以社区居家养老服务中心为切入点,以一个网点打通多个支点,撒网式地把它做成连片化。

"养老机构不也是一栋栋楼吗?每一栋里有多少医生、多少护士、多少护理人员,居家养老也可以这样设置,以社区为单位,配备专业的人员,提供专业的服务。就像在养老院里一样,同样有监管、有考核、有配套设施……就是把社区的居家养老服务中心做成虚拟化养老院,一个站点一个站点地铺开,就可以连片化运营了。"

"那你要做多少个点?是先把一个做精还是先铺开?"

"可以分层级,比如3A、2A、1A。1A、2A提供最基础的服务,我们重点打造3A级样板,标准化的制定,包括标准化的人员配置,3A可以辐射到附近的区域,带动其他站点。"

"社区可不比养老院,老人更多,需求都不一样。"

"那就一点点去了解啊!这个我想过了,政府购买服务,也是针对不同的老人,提供不一样的'菜单'。把这些'菜单'钻研透,就可以提供与老年人需求相吻合的专业服务。"

最后促使顾世中下定决心辞职的是奶奶。

他之前一直从事旅游业,过去十多年天南海北地飞,每一次来去匆匆,如同踩着风火轮,无法与奶奶的缓慢生活节奏合拍。通常是一顿狂风乱扫的团聚之后,他便又收拾行李准备下一次出发。

看着他走来走去,奶奶会慌乱地问:"怎么又要走了?这次是几天?去哪里?"

老年人的寂寞是真的寂寞,她抬着头巴巴看着他的目光让人不忍。

顾世中看到60多岁的妈妈在给80多岁的奶奶洗澡,老太太瘦弱的身体像枯干的树干,肢体僵硬,妈妈脱衣服小心翼翼,颇费一番工夫。莲蓬头热水哗啦啦的,热气氤氲里,妈妈满头大汗,全身湿透,扶奶奶起来时自己差点跟跄跌倒。但她坚持自己完成,把要帮忙的儿子往外推。"大小伙子怎么能干这个?"

将来,谁来给她洗澡?他能做点什么?

妈妈担心的那个养老护理员缺口依然存在，难题不会一下子解决。但顾世中决定先干起来，可以一边找人一边培养。2017年，他的江北惠民为老服务中心成立，主要为社区提供各种居家养老服务，这也是宁波慧享家养老服务有限公司的前身。

这几年，陆陆续续地，江北区政府、北仑区政府、象山县政府、奉化区政府开始购买他们的居家养老服务。根据具体需求，他们提供助餐、助浴、康复理疗等十个类别的服务，先后承接了2万余名老人的上门照料服务。

不怎么赚钱，但至少，奶奶洗澡可以不用妈妈那么累了。

助浴服务是顾世中最关注的一项，做了这一行才知道，原来门道这么多。

家里人给失能老人洗澡存在很多现实障碍。一方面，丧失行动能力的老人很容易在卫生间摔倒，胖一些的老人，甚至需要几个人抬。另一方面，怕犯病，比如高血压病人，一进浴室很容易头晕。

所以洗澡之前，专业护理员会给老人的身体状况以及家里的环境做评估，判断是否适合洗浴，选择合适的洗浴方式。身上有褥疮的老人，每个伤口都要做清创，贴上防水贴。有些部位很难用防水贴，比如脚后跟，就要用除菌的保鲜膜加上纱布缠上，再用个脚托，才能完全避开水。还有糖尿病人，水温要比38度低一点，因为他们的皮肤比一般人更敏感……

因为以上种种麻烦，很多失能老人已经好多年没有洗澡了，他们只能像周阿香那样，简单地擦一擦，可是擦一擦，去除不了身上的味儿。那种味道顾世中现在已经很熟悉了，其实就是何冬梅敲开周阿香家的门时那股扑面而来的味道，很多人称之为"老人味"。客观来说，就是腥臭的尿味混杂着汗味、药味和其他比较难代谢掉的味道。老人身体代谢变差，无法正常排汗，味道从毛孔里渗出；消化道消化不了的食物，也会有味。

给重度失能老人洗澡是个需要三四个人一起完成的"大工程"，护理员上门助浴，一般会带一张长约 2 米，宽 0.75 米，可对半拆开的折叠式浴缸，多数客厅都能容下。水泵、水管和分体式浴缸会在现场装好，然后用担架将老人抬到浴缸的升降架上，再慢慢降到水面之下。水里有一个温度测量计，一般夏天水温 38 度，冬天不超过 40 度。护理员用水瓢舀水，让水流经自己的手后流到老人身上，再询问老人的感受。

他们不戴手套，人的手才够柔软。

长期卧床的老人，血液循环比常人缓慢。往往是先把脚泡在水里，慢慢适应温度。水最多到其全身的三分之一处，不能超过胸部，以防水压过大。

下水时，因为紧张，很多老人会身体僵硬。护理员会轻轻握着他们的手，抚摸手臂。

为了避免暴露身体，老人身上会裹着一条大浴巾，流水可以更柔和地浸泡全身，不伤害老人脆弱的皮肤。他们会先洗头部，同时把折好的毛巾围绕在老人的额头，防止泡沫误入眼睛，然后是颈部、胸部和下半身。

越是长期失能的老人，越容易感到自卑或羞耻。比如有个老太太，欲言又止了很久，到最后了，悄悄跟护理员说："能不能把下面多洗一洗，我下面痒。"

她长期穿着纸尿裤，闷久了，隐私处有炎症，难受很久了，但她不好意思和孩子说，觉得难以启齿。以前越精明强干，失能了以后在家人面前越放不开，既不愿承认自己的没用，也怕被嫌弃。

还有些老人，因为长期没有洗澡，一搓皮肤，都是一圈圈的灰泥，洗澡水变成了棕色，搓澡巾都糊得看不清纹路。老人羞得抬不起头来，护理员握着她的手说："阿姨没关系的，多洗洗就没有味道了。"

洗完以后，整个人就像换了一个人。味儿少了，腰板也挺直了，精气神都不一样了。帮老人洗澡，不仅仅洁净了他们的身体，更能带给他们自尊。

除了助浴,越来越多的居家护理服务逐渐普及到失能老人家庭。

2022年9月,在试点的基础上,市委市政府创新出台了《宁波市关于深化长期护理保险制度试点的指导意见》,全面构建可复制、可迭代、可持续的长期护理保险制度体系,从参保对象、保障范围、缴费标准、服务方式和待遇标准等方面系统深化宁波长期护理保险制度,为重度失能人员长期护理提供了常态化保障。

政策扩面后,宁波市的职工和城乡居民医保参保人,只要经医疗机构或康复机构规范诊疗失能状态持续6个月以上,或因年老失能,通过评估认定符合重度失能标准的,无论入住养老机构还是居家养老,都能享受长期护理保险待遇。

顾世中喜忧参半,喜的是他们精心打造的团队将会有更多的用武之地,忧的是,他花了五年时间才培养了一支380多人的护理员队伍,很快人又要不够用了。

◎ 养老护理员养成记

护理员紧缺一直是难题。2017年夏天,顾世中转行进入养老产业的时候,海曙区第一期养老护理员培训开课。"政府补助、全额免费培训",这样的条件吸引了很多有意向的阿姨和专业机构。同年,小柏家护正式成立了培训学校,在一线做了近两年的赵敏成为培训老师之一。

接下来的几年,宁波不断地打通护理员人才供给渠道,加大激励表彰力度,培育一些产教融合型养老机构,实施养老服务"领头雁"计划。即便如此,市场的缺口依然很大。毕竟,人才培养一口吃不成胖子。

针对护理人员紧缺,小柏家护采用了一个很聪明的做法,就是将护理技能打散，分成初、中、高三级52项，学员可以选择一次学习一项或几项。每一项都有固定的线下课时要求，考试合格后可以到平台上接与技能等级相对应的护理订单。

学满所有课程需500个课时，一次性学完时间、经济成本都很大，项目细化后，每一项技能的培训时间短、费用低，也不影响学员正常接单，不仅可以让学员学精学透，还可以马上学以致用。

技能可以课上学，但有一些技巧，得在实践中慢慢摸索。学员们随时在微信群里分享，或者在回学校进一步学习时交流，老师根据具体情况给出专业意见。

"好好地洗着碗，老头突然操起平底锅就要向我抡过来了呀，你猜我怎么办？"一个学员很骄傲地分享过这样一件事。

怎么办？赵敏也捏了把汗。她教过学员，对于失智的老人，"不要解释，不要反驳，不要忤逆，就顺着他的意思来。"但不同的情况需要不同的反应，这位学员照顾的老人，虽重度失智，但身强体壮，一个不高兴是要打人的。

"他要打我，说我吃光了他女儿的饭菜，囡要饿着了。我吓死了，这么大一个锅，真挨一记，哪里吃得消啊。"学员边说边比画着锅的大小，一边绘声绘色地描述，"我情急之下脱口而出叫了一声'爸爸'，你猜怎么着，老头果然愣了一下，然后我指着旁边的空气大声说'就是你，把我们家菜都吃完了，我马上打电话报警抓你'，他真被我唬住了，看看我又看着旁边慢慢把锅放了下来。"

大家都笑，但学员不笑，她停了一下，"老头也可怜的，每天都会问几十遍，'阿拉囡来过了伐？'每次我都说，来了，刚走。他就讲，饭要留给囡吃的，他等一下要回部队了，来不及了，马上要打仗了，他们一个排可以干掉一个连的，就是不知道什么时候回来，叫囡一定要好好吃饭，她那样瘦……哎呀乱话乱讲都不晓得啥辰光的事了，囡来了他也不认得了。我晓得他不认得,所以我冒充他女儿,就混过去了。等我洗好碗,他又来问我囡来了没有。我就说刚刚走。他又说,留点饭给囡吃……"

赵敏也没笑。人老之后,脑内细胞衰退的速度和区块决定了老人以什么样的状态与我们相处。那股不可逆的强大力量在老人脑内横行霸道,不是老人可以控制的。其实我们都知道他们不是故意的,但日复一日朝夕相处,耐心常常会消磨殆尽。

老化最明显的特征就是重复,重复过去的恩怨或成绩是许多老人最后唯一能做的事。赵敏做学员的时候,老师说过:"对重度失智的老人来说,他们能最后清晰说出的也许只有几百字,这些内容是他们一生唯一清晰的记忆,如果你想到,他们一生最后只拥有这几百字,就会有耐心听下去了。"

赵敏也这样指导照顾失智老人的阿姨:"当他们到了连亲人都认不得的时候,就为他们的一生寻找几句话——能让他们觉得这一生过得很值、活得很快乐的话,以后的日子可以反复地说。老人不怕重复!这是最好的安慰。"

下一次,老人问阿姨,"阿拉囡来过了伐?"

"来过了呀,丝瓜汤、梭子蟹都是她烧的。今朝立秋,她叫你蟹多吃一点,真去打仗了,吃不到了。她还叫你保重身体,她会在家里乖乖听话好好念书的。"

老人眉头渐渐开始舒展,皱纹间拉出笑意,他点头:"嘴巴倒是甜得招蜜蜂。"

"她懂道理,有孝心,就算嘴巴不讲,心里面都清爽,爸爸辛苦。"

"天天外头乱窜,不添乱就不错了。"老人"哑"了一声,脸上笑意却更浓。

阿姨还告诉赵敏,这件事她也告诉了老人的女儿,原先女儿老觉得老人越来越糊涂,不可理喻,见面就要吵,所以她不大回来,现在她慢慢地理解了这种病,反而愿意常回来看看,哄老父亲说几句好话,哪怕他已经完全不认识自己了。

赵敏不禁唏嘘。这些年她看得多了，很多子女都是到了老人完全糊涂、永远不能再感受亲情的时候，才知道这种比"死别"更残忍的"生离"的方式，叫作老年失智。而在这个过程中，很少有人能坦然地接受这些变化，并找到对待老人更好的方式。曾经以为会有的补偿和救赎的时间，却在纠结中像流沙一样从指间滑落，不复留存。

让人欣慰的是，在小柏家护上下载课程的渐渐不再只是从业人员，越来越多的儿女开始有意识地了解相关养老护理知识，以便学以致用，更科学地照顾力不从心的父母。

长护险推广后，也吸引了更多人加入养老护理行业。慈城镇朱春岙村，93岁的老人任其明三年前摔了一跤后就一直躺在床上。儿子任忠来孝顺，见老父亲动不了，也不再出门找活干，和妻子一起专心在家照顾父亲。

2022年7月，经过评估，任其明老人享受了长护险待遇。给他提供服务的就是顾世中的公司，每周两次有专业护理员上门服务。每一次任忠来都在旁边看着，他们清理大便、温水擦浴要比儿女做得专业。任忠来从父亲的表情中看得出来，老人很享受，他和妻子觉得身上的照护担子一下轻松了不少。重阳节的时候，公司还拖着浴缸上门，帮老头舒舒服服地泡了一个澡。他已经三年没洗澡了，上一回还是摔伤前外甥结婚时儿子带到镇上浴场去洗的。任忠来看到老父亲眼里水雾蒙蒙，不晓得是热气还是眼泪。

第二次服务时，任忠来和妻子便在旁边边看边学。护理员说，"我们公司一直在招募并培训养老护理员，你们不如报个名去学，不管考不考得出，至少照顾自己老爸用得上。"

任忠来一想有道理，便给妻子和自己双双报了名。没想到两人一起上的培训课，最后有家政经历的妻子虞巧红顺利通过考试先拿到了合格证，他却在实际操作考核的时候，因为紧张忘记系上轮椅安全带"挂了科"。不过他并不气馁，打算继续考。

从 2022 年 11 月开始，顺利取得了养老护理员合格证的虞巧红已经开始接单为其他老人服务。她就接了一单，是自己村子里一个 80 多岁的老人。老人生活不能自理好几年了，一直是他老伴一个人照顾。她也不光为了赚钱，反正离家近，就 100 米远，乡里乡亲的也有个照应。除了规定的上门照护时间，她空了也会去看看，遇到什么事情就帮着搭把手。

针对日益增长的需求，宁波市养老服务指导中心委托第三方机构研发了线上的养老护理课程，准备年内上线、推广，最大程度惠及更多的家庭。

相关负责人强调，这些课程都是免费的，因为孝心无价。

专业的护理员虽然紧缺，但儿女的用心更可贵。资源永远是有限的，而不竭的爱可以照亮老去的灵魂，也可以照亮明天的我们。

◎ 那些"全省第一"

这四位年轻人的叙述都很具体，但并不全面。

经济的发展和医学的进步让居民期望寿命不断攀高，我们有机会吹八十岁、九十岁，甚至一百岁的生日蜡烛，但长寿之路并不是平坦的康庄大道，路上各种老病考验，不是靠祝福和口号就可以战胜的。

再多的努力，也不能抵抗自然规律。所以这个章节里，很少有对比鲜明的励志故事，或妙手回春的一夜传奇。每个人的状况与需求千差万别，很多困境不会一下子被解决，人人都会遇到问题，人人都有抱怨，有遗憾，但也有期待，有改变。

前两年，后朱村的村民常和朱海云抱怨，现在样样好，唯一不方便的是镇卫生院的姚院长被调到梁弄去了，看毛病麻烦多了。姚院长就是浙江省基层优秀医生姚亚强。他在四明山三十多年,可以轻松地叫出每个患者的名字,说出对方家里有几个儿女,手机和电脑里存了几千个患者的电话号码,每个名字后还简单标注了病症。村民有急事几乎随叫随到,像个移动的120。

姚院长在时,卫生院那座青白色三层小楼就是最热闹的地方,病历本一本本地在桌上摆好,乡亲们边等边聊家常,姚院长亲自拿暖壶给一只又一只杯子添水,一边看病,一边寒暄。

现在新来的医生也在努力拉近与村民的距离,但到底不如姚院长了解情况。

朱海云帮着他们适应,她还手把手地教一些村民加微信好友。"姚院长有两个微信,新的医生也有微信,有什么不舒服,可以随时问。"不会用微信的老人,由她代劳。渐渐地,大家发现好医生不止姚院长一个,越来越多的医生走进大山,而出去看病也要比以前方便了。其实从2017年底开始,余姚作为浙江首批11个试点县(市)之一启动"医共体"建设,还出台了省内首个"基层医疗卫生机构和公立医院医疗服务基本作业清单"。所谓"医共体",就是大医院(牵头医院)与基层医疗服务机构重新组合、重新构建的一个整体性的全新医疗组织架构,大小医院就成了"一家"。在大岚就可以挂上专家号、配到药,也可以直接开单预约磁共振、胃肠镜这样的检查。王亚芬的几次复诊就是在家门口,一次比一次好。

但也不是所有村民都这样幸运,之前有的人都是自己给自己治的。朱海云见过歪歪扭扭手写的药方,"正天丸、分必的、治头痛三九胃太、治胃痛涨"。药方的主人一直胃不舒服,自己种了很多草药,就是不愿意去大医院。但很可惜,他没有等到专家进山。

大岚卫生院还建成了眼科特色,每年都有专家过来,分批帮老人做免费白内障手术。做了手术的欢天喜地,说没想到还有能看见的一天。只是这一天，还是有一些老人没有等到。朱海云想，这些政策如果再早一点出来就好了。

很多事就是这样，永远有遗憾，但永远都不晚。

这两年，何冬梅也觉得，社区老人的生活越来越方便丰富了。新典社区将小区废旧岗亭改造成"老年食堂"，联系市第一医院等三家医院开展药师进社区的活动，并不断整合小区资源，社区党委将居家养老服务站与自治站有效融合，打造一站式为老服务综合中心，还通过安居红帮平台，采取居民点单、网格员接单、自治站议单、社区派单、多元结单的"五单模式"，实现各类服务长效开展。

海曙区作为全省首批康养体系建设试点，制定统一标准，高效整合医疗、养老两大资源，推动养老机构与居家中心、医疗单位、公益组织之间的服务共享。有了经常上门的医生，有了丰富的文娱活动和文体队伍，有了各种贴心的居家养老服务……但何冬梅也一直感到遗憾，陈高平夫妇、钟师傅他们终究没有等来电梯，也没有等到长护险。

当然，进展一直是有的。2022年9月，长护险也开始推行。在前期试点过程中，宁波的探索十分审慎，长护险的政策对象只有职工医保参保人员，同时，试点范围也仅限于试点区域内的长护保险护理服务试点机构。正是通过这样的小切口试点、低水平起步，宁波在长护保险的制度设计、机构培育、服务供给、经办管理等方面积累了相应经验。这次深化试点的人均筹资标准为90元，由用人单位、个人、医疗保险基金以及财政共同分担。不论是机构护理还是居家护理，都是由定点机构向重度失能人员提供直接的护理服务，这也是在总结先行试点地区经验的基础上确定的。

2022年11月，市医疗保障局还出台了有关长护险失能等级评估管理办法和护理服务管理办法，使得长护险政策的实施更加规范。据统计，截至2022年9月底，全市长护险参保人数达767万人，长护险定点护理服务机构251家，专业护理人员6200多人，对全市13万人开展了失能等级评估，超额完成省民生实事任务。

老小区加装电梯，也在艰难但坚定地推进。2021年，宁波市住房和城乡建设局出台《关于进一步深入推进既有多层住宅加装电梯工作若干试点意见》，力推老旧小区加装电梯。2022年，高新区也专门出台了《宁波高新区既有多层住宅加装电梯工作实施方案》。截至2022年3月，宁波市已竣工并交付205部加装电梯。到9月，已审批加装电梯的数量是347部。那么老小区的电梯到海曙区，到家门口，也不会太久了吧？

很多事很难，但人家都在竭尽全力一点点推进。

还有些变化，是由遗憾推进的。

惠民为老服务中心最早入驻的是江北孙家丽园小区，没多久，就有老人心梗，没有抢救过来。顾世中知道这不关自己的事，但眼睁睁地看着一个生命在眼前离开，是件很难让人接受的事。这件事也让顾世中下定决心，要找专业的、反应及时的护士和社工。公司还自己开发了一套系统，可以监测老人在家的一些指标，如果有如意外摔倒或心率突变的情况，会第一时间通知社区和家属。政府购买养老服务的项目出来后，他在招标前去社区挨家挨户调查、对接，了解老人的实际需求。慢慢地他发现，不光要找专业的，还要找年轻的。特别是社工，负责活动策划，做公益落地，必须是年轻人。但这样的话，运营成本急剧增加，他想到了借助志愿者和公益组织的力量……渐渐地，可以借助的力量越来越多，而他的平台也越来越成熟，不仅服务江北，还延伸到了奉化和象山。

很多事都不是一下子可以做到最好的，但我们一直在往最好的方向努力。

赵敏发现，过了这么多年自己还是一个"另类"，养老护理这个行业的年轻人依然不多。其实宁波很有远见，早在2014年就在宁波卫生职业技术学院成立宁波老年照护与管理学院,这也是我国首所老年照护与管理学院。但有护士证的毕业生愿意去养老机构的并不多。

跟踪、观察和统计从事养老行业的毕业生去向得知,毕业一年,学生留岗率在60%左右,毕业三年的留岗率为50%左右。每年都有人因为工作辛苦、社会评价不高而离开该行业。

2021年,我市民政部门会同人社部门率先开展养老护理员职业技能等级认定改革试点。

2022年,宁波市民政局会同市财政局出台《关于进一步明确大中专院校毕业生入职养老服务机构有关奖励政策的通知》,调整提高专职从事养老护理、专业技术工作人员的补助标准。中等职业技术学校毕业生补助3万元;高等院校毕业生,专科(高职)补助4万元;本科及以上学历补助5万元。宁波市还将"老人生活照料"纳入职业技能培训补贴目录(标准)和紧缺工种目录的专项能力工种,明确取得养老护理员证书的从业人员,可以按规定享受培训补贴。

越来越多优秀的护理人员被推选为市"首席工人""技术能手"等,让高技能人才既"得利"又"扬名"……这些利好让人们确信这是一个朝阳产业,相信以后会有越来越多的年轻人进入这个行业。

很多事,因为相信,才会存在。

大家都说不容易,有时候竭尽全力,也只能带来细微改变。

但就在那些细微的改变里,我们可以看到一步步走来的脚印,看到一直不间断的改进、克服、提高,每一步都想得很周全,走得很踏实。

回头再看2018年出台的《宁波市居家养老服务条例》,这是全国较早、省内第一部专门针对居家养老服务的地方性法规。而这项法规的立法调研,在2012年之前就开始了。草案形成后,先后召开座谈会37次。此外,28位市级领导代表带队进联络站,开展主题接待活动,共接待市人大代表

142名,群众代表169名,收到意见和建议1089条,其中410条次意见予以采纳,493条次建议交由相关部门处理,而其他未采纳的意见都以信函等形式向代表作了解释说明。

在这些数据中,你能感受到决策者倾听民心的诚意和要做就做到最好的决心。

正因为有了这些诚意和决心,我们才有了很多个"全省第一":全省率先为居家养老立法,率先实现居家养老服务设施全覆盖,率先为80周岁以上老年人和70周岁以上计划生育特殊家庭居家老年人免费提供居家养老上门服务,城乡居民基本养老保险基础养老金最低标准在全省位居第一……

有了这些,我们偶尔想到自己老去的样子,脑海中的画面可以是安然闲适,优雅体面,而不是举步维艰,晚景凄凉。我们可以相信,到将来自己的身体渐渐萎缩的时候,也能够被好好地对待。

因为生命与爱,都在轮回。

第四章

一座城的气质

实现共同富裕是一个物质积累的过程,也是一个精神丰实的过程。

精神富足更像是一种感觉,一种体验,很难量化,但无处不在,润物无声。

第四章 一座城的气质

实现共同富裕是一个物质积累的过程,也是一个精神丰实的过程。

前者有很多具体的、精确的指标去衡量,后者当然也有。比如图书馆、美术馆、博物馆、实体书店的数量,展览、演出、讲座的场次,居民综合阅读率、艺术普及率等,但又不仅仅是这些。

精神富足更像是一种感觉,一种体验,很难量化,但无处不在,润物无声。

是随便一个人迎面走来,他的言行举止,一颦一笑;

是一个忙碌的打工人如何度过工作之外的时间,以什么样的方式独处;

是父母们如何培养自己的孩子,期待他们将来成为什么样的人;

是我们怎样对待自己所处的自然环境,对待一草一木,一砖一瓦;

是普普通通的每一天该怎么过;

是一个人战胜前进道路上各种风险挑战的力量源泉;

是一座城在高质量发展、竞争力提升、现代化先行的跑道上,更基本、更深沉、更持久的动力……

精神共富是一个宏大的命题,但好像只能用很多细碎而温暖的故事来描述——

一个朴素的老奶奶有了一点积蓄之后,想为这座城市做点事,跑了很多地方,问了很多人,最后决定捐十架公共钢琴;

一个卖杂货的小贩在人来人往的菜市场,从嘈杂的拉呱闲扯中攒下成百上千的故事,用写作为一地鸡毛的生活寻找另一个出口;

一个普通的越剧迷走到生命终点时,国家一级演员专门赶到安宁病房,为她唱一段她最爱的《西厢记》,"晓来谁染霜林醉?总是离人泪",在袅袅余音中深情告别;

一个普普通通的村庄里开着一家精心打理的咖啡馆,一个村妇一边熟练地拉花,一边热情地告诉你,这是她从小生活的地方,她希望它一直热热闹闹;

一头鲸鱼意外搁浅时,一群人的竭尽全力引起全球关注;

一处风景、一道美食、一段历史串起人们心目中的"诗画江南"……

这样的故事数不胜数,但它们大多是个体的、独立的、阶段性的,有没有一件事,可以覆盖绝大多数人,可以留下持久的影响?

或者,可以从那个不时出现在生活角角落落里的斑斓标志说起。

它常会出现在公交站、地铁口的宣传栏里,在行色匆匆的人潮中;会在老人常去的社区活动室、孩子上课的艺术机构,在热热闹闹的市井里;会在街角的咖啡馆、家门口的书店,在你慢下脚步若有所思的安静里。有时它是一个封闭的小亭子,那个小小的玻璃房,随时等着心怀热爱的人放声歌唱;更多的时候,它置身于一个又一个精心打造的开放空间,在人来人往中无声地印证:"拥抱艺术,美好生活。"

"一人一艺"这四个念出来会让人嘴角上扬的字,让宁波成为全国全民艺术普及做得最早且最好的城市,成为精神共富的典型样本。

这个概念从 2015 年就开始酝酿。那年年初,中共中央办公厅、国务院办公厅发布了《关于加快构建现代公共文化服务体系的意见》,首次提到了"全民艺术普及"。

这个词让很多人心头一亮。如果艺术可以像健身、卫生、教育那样普及到每一个人,让他们在艺术的浸润中变得博爱、阳光、精神富足,那么他们参与建设的城市就会变得更包容、温暖且充满人文关怀,他们所组成的民族和国家也会永远呈现饱满的精神状态、积极向上的热情和奋发图强的昂扬。

但如何普及、具体普及什么、普及到什么程度,并没有先例。当年中国文化馆年会论坛上,当着多位公共文化领域顶级专家的面,宁波市文化馆提出:那么,宁波先试试?

这一试,试出了一座城的艺术气质。

◎ 那一个"标准"

公共文化服务创新,宁波早有"敢为天下先"的传统。

这个传统可以追溯到20世纪80年代初,市文化馆在全省率先举办的交谊舞培训班。当时一石激起巨浪,骂着"流里流气""不正经"的反对者愤怒地冲进馆内,课堂乱成一片,最后竟惊动了市领导和公安部门才得以平息。

但随后,全省的交谊舞活动迅速铺开,盛况空前。

而这一回,"一人一艺"在推广之前,同样引起过争论。

"一人"大家都有共识,就是指这座城市里的每一个人;"一艺",官方的解释是至少能认知或掌握一门艺术。

那怎么才算认知或掌握?

有人拿满大街的广场舞举例,跳舞跳到什么水平才算认知或掌握?是不是只有考了舞蹈证书、获过奖才算?是上台表演过就算,还是得到权威认可了才算?被亲戚朋友夸奖算不算?发朋友圈大家点赞算不算?或者,仅仅抽时间去看了一场舞剧,带着孩子听了一场关于舞蹈的讲座算不算?

什么算,什么不算?是不是得有一个标准?

当时宁波邀请了以国家文化和旅游公共服务专家委员会首席专家、北京大学教授、博导李国新为首的团队来作顶层设计。讨论到最后,李国新教授说:"所有理论还是要回归到常识中来。"

还是以跳舞为例吧,很少有哪项艺术活动可以紧密维系这么多人,可以在这么大范围内同时影响大江南北五湖四海的种种城乡生活模式。

可以说,有人的地方,就有人跳舞。

但跳舞是为了证书吗?如果要考出证才能算会跳舞,还会有这么庞大的群众基础吗?

反过来说,一座城市也不该只有跳舞一枝独秀。

全民艺术普及不是为了让大家证明自己"认知或掌握"一门艺术,而是为了让更多的人更方便接触更丰富的艺术门类——

让他们有更多的机会去看一场展览、演出,哪怕仅仅因为一幅作品或一个瞬间心有所动,想起过往,感受到共情与诗意,知道自己在这世界并不孤单。

让他们以更便捷的方式认识内心所爱,并掌握表达这种热爱的方法,哪怕只是在一个平平无奇的日子里用镜头守候一朵花开,在一片远离故乡的月光下闭上眼睛放声歌唱,在一个愁云惨淡的低谷中奋笔疾书……体验生活的更多滋味,尝试人生的更多可能。

"所以对艺术各种各样的接触,应该都算啊。"

当然,不同的声音依然存在。但最后达成共识的是既然是试点,那么按照自己的理解先走出第一步最重要。

"对,允许质疑和修改,以后也可以打破和重建,我们都不拒绝,现在就根据现有理解先推广五年试试看,看是否符合大家的心理预期和大家对艺术普及的理解,如果有偏差,五年之后再调整。"这是大家最早的想法。

2016年,宁波在全国率先构建了全民艺术普及内容体系,创造性地提出了全民艺术知识普及、艺术欣赏普及、艺术技能普及和艺术活动普及四个主要任务和中小学生艺术普及、特殊群体扶持两个专项任务,同时也确定了目标:五年后,将艺术普及率提高到80%以上。

当时也没有想到,宁波提前一年就完成了任务。2020年,经过第三方测评,全市"一人一艺"全民艺术普及综合参与率达到82.93%。同年全民艺术普及标准体系初步建立,当然,这个标准不是针对市民的。

2022年6月29日,浙江省全民艺术普及工作推进会在宁波召开,全民艺术普及的"宁波模式"频频受到全省各地市文化专家点赞。国内首个"全民艺术普及示范推广中心"的牌子在宁波被擦得越发闪亮。

站在今天往回看,"一人一艺"已变成了一种习惯,一种信念,渗透在生活中的一点一滴。

◎ 那一片土壤

当年聊到广场舞算不算"一艺"的时候,市舞蹈家协会主席朱宁脑海中浮现的画面是四十年前市群众艺术馆那一个个小小的、连镜子都没有的练功房。

她自小没学过舞,没想过"吃这口饭",只是单纯觉得跳舞好看,希望单调工作之外有另外一个去处。要感谢文化馆的勇敢突破,当年的制锁厂女工朱宁才有机会认识文化馆专门请来的老师、宁波最早跳《白毛女》的演员王洋和前任主席施娟娟,看到人生的另一种可能。

那时朱宁20来岁,作为业余演员,能被选上去中山公园边的人民大会堂演出,觉得是无上光荣。当了主席以后,她一直致力于把热爱舞蹈的人推上各种各样的舞台。

全国群众舞蹈的最高荣誉是"群星奖",被宁波十几位平均年龄60岁左右的阿婶拿到了。

舞蹈的名字听起来很土,叫《阿婶合唱团》,由我们平常在小区见到的领着小孩的外婆、奶奶们本色出演,全国有5025个作品参加初赛,她们没想过会进入决赛。

收到通知到现场决赛,只有一个月。大家都傻眼了。

演员除了这些阿婶,还有少数"80后""90后",休息时间不同,排练时间很难统一。有住在主城区的,也有住北仑区、镇海区的。坐车过来1个来小时。阿婶们眉头皱起面露难色:"晚上排练的时间不能太晚,要不然就赶不上回家的末班车了。"

领舞叫阿桑,家在北仑区。每天下班赶到文化馆排练,已经是晚上8点半,其他演员已经排练了2个小时,都跳不动了。鼓鼓劲,坚持到9点半,阿婶们才跑去赶末班车。

年龄最大的阿婶,平时在杭州照顾外孙,为了排练,来来回回的高铁票已经装满小铁盒。

家住在镇海区的阿婶,家里有三个孙子要照顾,每天往返时间就要2个小时,排练结束到家往往都晚上11点了。为了排练,她还退掉了去韩国游玩的飞机票。

坚持到最后,一来是因为热爱,二来,"也不好意思不来。"

"之前编导费心费力辅导了那么久,不收一分钱;场馆敞亮,也不要钱;服装道具样样有,也都是免费的。练了这么久,最后几天了,不能掉链子。"

但好事多磨。

先是领舞的阿桑结婚,那是人生大事啊。婚后她要回老家,原定12日回宁波,但两天后就是出发去西安参加决赛的日子了。

匆促上阵,临阵磨枪,编导谢培亮知道会有怎么样遗憾的结果。

他急得不停做阿桑的思想工作,直到通情达理的阿桑放弃度蜜月,提前回来排练。

按下葫芦浮起了瓢。

出发前四天,又一位老阿婶家里有亲人离世,没心思排练了,她要退赛。

重大变故前,人最无能为力。谢培亮理解她的心情,什么也不好意思说了。

她在作品中的位置很关键,此时若换人,"群星奖"组委会的程序异常麻烦不说,团队这么久的磨合也全泡汤了。

但那也是没有办法的事,他想,就算了吧。

没想到出发前一天,阿婶又回来了,说家里事情处理好了,可以一起出发了。

"我晓得你是投入心血最多的人,思来想去不舍得让你失望。"

谢培亮鼻子一酸。

"他以前是舞蹈演员,后来调入海曙区文化馆后,经常接触基层的业余艺术团队。那些大婶、大妈个个充满激情,她们的'山寨'技艺与'敬业'态度,构成了一幅奇特的有趣场景,也勾起了他的创作欲望,这才有了《阿婶合唱团》。"

让现实生活中的一群爱唱爱跳的阿婶登上灯光映射的舞台,呈现最真实的生活与情感——这也许就是《阿婶合唱团》最打动评委的地方。

"群星奖"是群众舞蹈的最高奖项,好消息传来,朱宁也很感慨。她在接受采访时说,金字塔尖之下,是庞大的爱好者群体构成了这项艺术坚不可摧的群众基础。

全市登记注册的业余舞蹈队有近百支,平时自由组团的更是不计其数。而且并不只有中老年人才爱跳舞。2018年5月,市舞蹈家协会、市文化馆和市工人文化宫曾共同组织过一个青年舞团,在五一广场训练,因为报名的人太多,不得不一次次提高门槛。达不到标准的人,自愿成为"编外成员",意思就是在角落里跟着练,但一般没有演出的机会。

在组织者吴佳印象中,平时来得最早的就是那些"编外成员"。

2018年的宁波首届舞王大赛,初赛有一万多人参加。

坚实基础之下,是热腾腾的土壤。

阿姆们津津乐道的免费服务是海曙区文化馆坚持了多年的,其中包括培训课程、辅导、策划、场地、服装和平时送活动下乡。开始打造数字文化馆后,线上约课、约场馆更方便了。

宁波在2017年就实现了国家公共文化云的率先落地。要是没时间去现场学舞,可以在家上"OL城市舞蹈"网课。这是本地艺术家录制的"名家慕课"之一,在"一人一艺'云平台'"随时可以学习。这个平台是公共文化服务的数字化转型的成果之一,集结了海量资源,除了3万多分钟的艺术培训视频教程可以选,全市所有非遗项目都可约玩。

随着数字化改革不断升级,从2022年起,宁波开始推出全大市文化馆、社会联盟机构场馆使用的应用场景。市民通过线上预约,获取密码后,就可以走进文化馆专业的舞蹈室、琴房、多功能教室、声乐排练室、书画教室。

群文干部也一直在转型升级,每年都有各个门类的文艺骨干去北京舞蹈学院、中国美术学院、上海戏剧学院这样的高校进修深造。谢培亮从普通演员到编导,多次去北京舞蹈学院"充电"。一直在追求舞蹈之"美"的他在那里突然醍醐灌顶:"美"是可复制的,唯有"真"无可替代。演员可以不专业,但若出色的编导能挖掘出他们身上的那份"真",更能打动人。

此外,"民间文艺人才储备库"一直在不断打造,《阿姆合唱团》酝酿构思了三年,换了三拨阿婶,都是从库里选的。说起来那些外婆、奶奶们平常也就有空跳跳,但多年浸润下来,真上阵也绝不含糊。

最近十年,宁波拿到"群星奖"的作品有三十多件,所有获奖作品陆续走进了乡村、街道和社区,在不同的舞台上焕发出新的生命力。而这片土壤也让每一个人有更多的机会去发现和接触,去审美和创造,从而从嘈杂环境中分身,从琐碎生活中超脱,让生命保持着一种郁郁葱葱的生气。

◎ 那一张网

比土壤更重要的,是土地上的人。是人,把一个个零散的点联结成互通的网络,让封闭的心找到学习的渠道,让孤立的人打开深锁的门,走出去,遇到精神相通的同类,一些改变由此发生。

在认识书法家胡朝霞之前,柯广添的生活半径很小,白天银行上班,大半时间就是给来办业务的老人取号,引到窗口,晚上写写字,发发呆。有一天,有个同事递给他一张报纸,说胡朝霞老师在开班招生,"免费的,机会难得,去试试?"

"哪个胡朝霞?"

"就是人很娇小但字写得特别大气豪放的女书法家,陈振濂的得意门生。"

柯广添不好意思再问陈振濂是谁,听人家的语气,应该很有名的,他的学生应该也很厉害。

"胡朝霞以前也是我们银行系统的,现在在各地普及书法,要培养骨干,你字写得好,拿去让她指点指点嘛。"

柯广添嘿嘿笑,总有人夸自己字好,他知道人家是客气,从不当真,但他还是专门写了几幅字按照报纸上的地址去了。宁波市文化馆三楼,一间小小的办公室,一张张大纸摊开:"我就平时随便练练的。"

"工夫花得蛮多,"胡老师笑起来亲切,但语气里听不出褒贬,"以前一点都没跟老师学过?"

柯广添含糊地"嗯"了一声,专门学自然是没有的,从小没条件,但老家徽州遍地都是文房四宝的生意,人人都会写几个大字。他觉得自己和别人不一样,是真喜欢才一直写,高中毕业到工厂打工,再到宁波,没停过笔。出租房沉沉的夜晚,头顶一盏小灯,笔尖划过旧报纸,未干的墨汁反射那一点光,心就静下来。他从不在乎写得好不好,唯独这一次在名家面前觉得忐忑,担心"上不了台面"。

他纠结着要不要讲这段经历的时候,胡朝霞已经问了下一个问题:"你平时忙吗?在哪里上班?"

"在银行……"他又纠结了,"负责物业一块,其实是在营业厅维持维持秩序……"

"这么巧,我以前也在银行上班。我喜欢写字,写出名堂就到文化馆了。"胡朝霞倒是爽快,"那你来上课吧。"

这个培训班有四五十个人,柯广添走进教室找了个角落坐下,听其他学员相互间打招呼,想着机会来之不易,一定要好好学,要脱颖而出让人刮目相看。但真上课了,他反倒放开了。胡老师随和,讲课生动,她说写字要先会读帖,读帖就像吃蟹脚一样,有人尝不出味道,有人却觉得有滋有味,懂的人倒杯黄酒配,可以品上很久。线条的线形、线率和线质,运笔的节奏,通篇的布局都值得细细品。每种字体都不是书法家凭空造出来的,也不是一开始就印在字帖里等着后人去临摹的。它们的出现都经历了漫长的过程,都融合了实用性和当时的审美,背后有无数的人在改变和推动。"看懂",意味着体会到字体之美,从而理解中国文化的传承有序,并参透一笔一画所蕴含的情感。

一屋子人，都完完全全沉浸在书法的世界里，下了课还意犹未尽，一边看字一边讨论，轻松热络。而柯广添是真开了眼界，品出了蟹脚里的几分滋味。

多年后有人听说他是胡朝霞的学生，很是羡慕，问胡老师是怎么教的。他想半天，说出两个字"松弛"。写字就是写字，享受过程，而不是绷紧了神经要去证明什么。

柯广添跟着胡朝霞学了六年，看着老师的"一人一艺"书法普及点扩展到了20多个，有机关单位、企业，也有街道、乡镇，他的"同门师兄弟姐妹"遍布全市，身份也五花八门。比如其中有个"大侠"，说是功夫了得，会武术，还会太极拳，其实他只是个高中生，叫刘家豪，因为太皮被爸爸押着来"静静心"的；有两个"海归"，从日本学服装设计回来，说是要把传统书法之美融入时尚；还有一群萌娃，最小的才上幼儿园……

柯广添渐渐从"菜鸟"变成了"骨干"，开始被胡朝霞派出去给更多的书法爱好者上课。

他一开始觉得尴尬，胡朝霞还是叫他"松弛"，"怕什么？又不是让你去辅导学生高考，就是普及，你平常怎么写的，就怎么教。我教你，就是为了培养你再去教更多的人，你发现好的苗子，告诉我，我再培养他当骨干，这样形成一个梯队，就像一张网一层层织下去，才能越织越密提高效率。"

上课最积极的是刘家豪，这小子自打练了字，就开始被老师频频表扬，参加学校书法比赛还获了奖，这是他第一个校级大奖。柯广添还记得他一边在胡老师面前"不经意"地拿出证书，一边努力眨着眼睛掩饰激动的样子。上了大学后他的段位高了，省市大奖越来越多，成为名副其实的"骨干"。胡老师安排人去老年大学或者社区上课的时候，他都是第一个报名。

那些课是没有讲课费的，顶多一两百元的交通补贴。但刘家豪乐在其中，他鼓励柯广添也多去:"很有意思的,他们虽然年纪比你大,都看着你,都听你的。哎呀,我从小被老师管,现在换我当老师,那感觉!"他眼睛微微向斜上方望去,出了一小会儿神。

柯广添被他的样子逗乐,胡朝霞也喜欢这个率性小伙:"那再给你个机会,去个很特别的地方上课,去不去?"

"去!"

"你不问问是哪里吗?"

"我谁都能教。"

柯广添好奇,凑过去看了下地址,愣了。

刘家豪也愣了一会儿,但嘴还硬着:"不就是新加了一个普及点,只不过这个点在精神病医院嘛,有什么不能去的!胡老师,说不定我还能从中给你发现一个骨干呢,你敢不敢教?"

刘家豪在医生的带领下穿过医院长长的走廊,两边的窗户都装着铁栅栏,每经过一道门,工作人员就会迅速在他身后锁上,越接近上课的活动室,他的心里越怵,手心汗津津的。

还好,志愿者和医护人员都陪着。教精神疾病患者其实和教普通学员没太大的不同,无非节奏更慢一点,更耐心一点,都以鼓励为主。他战战兢兢地讲,倒没有什么惊心动魄的意外,就是有人突然号啕大哭起来,刘家豪懵了,志愿者倒反过来安慰他,"没关系没关系,她平常也这样,就是对自己要求太高了,总觉得事情做不好,哭一哭,压力释放出来就好了。"刘家豪壮着胆子走过去看她的字:"已经不错了,写得蛮好……"

他不知道怎么夸,但哭声慢慢小了,变成了抽泣。

去多了,一颗心不再绷着,有时也会聊聊天,偶尔开个玩笑。那位大姐又一次哭起来的时候,他索性走过去握住她的手:"来,我们一起,慢慢来写。"

一笔，一划，她渐渐收了眼泪，上完课还主动帮忙整东西，并问他："我们可以一直这样写下去吗？"50多岁的人，声音轻得像小女孩。

刘家豪说，"当然可以，等你出院，我接着教你。"

这里不会"出成绩"，写字的时候大家都是平静快乐的。看着那些端端正正的字，刘家豪很有成就感，他觉得自己天生是当老师的料。

大学毕业后刘家豪尝试过各种行业，做过房产销售、酒店服务员，有空就去"一人一艺"的普及点上课，兜兜转转一圈后决定开一个书法培训机构。"我还是觉得教书法有意思。"他的机构成为"一人一艺"社会联盟机构之一，双休日教孩子，平时就做公益普及，也借此推广自己。

"其实你也可以，"刘家豪劝柯广添，"你不是也一直在普及点上课？"

"有道理，试试看！"胡朝霞也鼓励他。

"我真的行？"柯广添下意识看了看还没来得及换下的保安服，心怦怦直跳，他不好意思承认，其实想这件事不是一天两天了。

"为什么不行？你那么多次公益课白上的？你不放心就先不辞职，反正双休日上课嘛，等有起色了再作打算。自信点，缩头缩脚的别说是我的学生！"

柯广添眼一热，胡老师就是这样，大大咧咧说话直，但她真的在为他考虑。

她甚至为他留意了地方："青林湾有个门面房你去看看，那里小区多，孩子多，现在家长都重视艺术教育，肯定能招到学生。"

柯广添的书法机构取名为"文晋轩"，招牌上三个大字是胡朝霞题的，她一贯的大气风格，很远就能看到。

胡老师没有看走眼，柯广添的学生从最开始的五六个慢慢增加到一两百个。他的文晋轩，也成为300多个"一人一艺"社会联盟机构中的一个。

在各级文化部门的带动下，这些社会力量像一张越来越密的网，让培训、讲座等大大小小的服务逐渐覆盖全市的角角落落，艺术启蒙越来越方便。如今，社会联盟服务标准等各项地方标准也在研究制定中。

随之改变的还有柯广添的人生轨迹,柯师傅变成了柯老师、柯总。他在宁波买了房,买了车,他受书法影响,也用书法影响着越来越多的人。

◎ 那些脱颖而出的点

被影响的人多了,就会有脱颖而出的。那些年,全民 K 歌大赛、全民舞王大赛、全民摄影大赛……"全民"系列赛事一场接着一场,量大面广,把普通百姓送上专业舞台。

学习为经,比赛为纬,聚光灯下,纵横交错间,总有一些点让人眼前一亮。

2018 年的"一人一艺"全民摄影大赛,特别奖由一个很普通的摄影爱好者李晴获得。站在领奖台上,台下观众满满当当,她一眼就看到,第一排边上两个相互依偎的老人。

那是她的公公婆婆,83 岁的陈英和与 78 岁的张春月。她身后的大屏幕上的背影也是他们。她拍照,是从婆婆患上阿尔茨海默病后公公要求的。

老两口很恩爱,但一个糊涂,一个固执,凑在一起就是一地鸡毛。

老头反对请保姆,坚持自己照顾老伴,给她剪指甲、擦洗、做饭,把她当孩子一样照顾 —— 其实比带孩子更辛苦,孩子不会有那么大的劲和他对抗,不会在剪指甲时骂骂咧咧推开他,不会老找不到厕所,不会记不得他是谁……他总想把她拉回正常的生活,但妻子总是一边骂一边把他推开,一回头又尿在裤子上。

"还是给妈用上尿不湿吧?"李晴丈夫担心爸爸吃不消,又一次提议。老头儿嗓门比谁都大:"又不用你洗,轮不到你说话!反正我弄,不用你们管!"但一扭头又在李晴开重要会议的时候打一个又一个电话,只因老伴不肯吃饭。

终于公公累住院了,孩子都要上班,婆婆只能去住敬老院。公公嘴上不说什么,就是一天比一天沉默。第20天的时候公公突然捂着脸放声大哭,李晴没办法,只得把婆婆接到医院。她请了假,千头万绪忙到虚脱,但老头笑了,那天他对李晴说:"也不晓得这样的日子还有多久,你帮我们多拍些照片吧!"

他还强调,买个好点的相机,钱他来出。

李晴想说:这是钱的问题吗?你还嫌我事不够多吗?可她看到两个头发花白的脑袋靠在一起,心一下软了。她突然想起,20世纪90年代,她结婚的时候,老太太专门拿出一笔"巨款",让儿子儿媳去北京王府井最好的照相馆拍婚纱照。

老头要求高,李晴没有工夫专门学摄影,听说"一人一艺"云平台上有些课件,找了一些来看。在一次比赛中,她尝试着投了几张照片,得了一个小奖。她没想到市摄影家协会主席戚颢会联系她,指导她继续拍摄:"多观察、留意一些细节,技巧是其次,最重要的是生活中真情流露。"

"唉,生活就是乱七八糟一堆麻烦。"

"矛盾和冲突也是生活本身,你都拍下来,下次来阿拉摄影节办个展览。"

"一人一艺"推广后,已经有十多年历史的阿拉宁波摄影节在全省首创通过"众筹"方式零门槛向本地摄影师征集个展,谁都可以来投稿,由国内一线策展人来挑选、策展。越来越多的大片由此走出恒温恒湿的展厅,出现在人来人往的广场上,从高高在上变得触手可及。

有办展这个动力,李晴发现自己的心态有了微妙的变化,以前她觉得生活就是吵吵闹闹,现在,吵吵闹闹变成了素材,在镜头里她看到了老太太的另一面:

她好像不是什么都不知道,她会把尿尿在家里任何一个地方,却能留意到老伴有没有扣好扣子;她自己不会穿衣服,但在老伴脱衣不便时会搭一把手;她和谁都没有感情交流,但有一回老伴踩空摔倒时却本能地冲上去扶住……

"她只认得我。"老头露出得意神色。李晴由衷夸赞:"爸,你真了不起!"

生活总会在心力交瘁的时候给人一个拥抱,让人在无能为力中看到一线希望。在她的镜头里,他们就像两个被贬入凡间的老天使,笨拙地维持着天真和尊严。

这些照片后来在2017年的阿拉宁波摄影节上展出,老头儿很激动,又不想麻烦儿女,便自己牵着老伴去看,没想到在东门口地铁站摔了一跤,昏了过去。还好有很多热心路人围上来搭了把手,把他和老太太一起送上了救护车。

等出院时,影展已经结束了,他没有再提这件事。第二年端午,李晴像往常一样去送粽子,看到两人坐在卧室里,对着窗不知道在说什么。她凑上去,发现老头儿竟在给老太太讲屈原的故事,绘声绘色,用那种和小孩说话的语气。

李晴站在后面,一声不吭地听着,突然眼泪就掉了下来。她知道公公在想尽办法把婆婆往我们这个世界拉,哪怕心里已经知道不可能了。

她拍了一张《背影》,刚好看到"一人一艺"全民摄影大赛在征稿,就发了过去,并写下了这个故事。

市摄影家协会作为活动协办方,看到照片才知道去年的意外。他们决定2018年的阿拉宁波摄影节,在同样的地方把照片重新展出一次,邀请陈英和夫妇来看。

连续两年,同一组照片在同一个摄影节和同一个位置展出,可能空前绝后。所有人都希望,也许某张照片会是记忆的密码,唤醒老太太的一丝回忆;或者某个画面会是温柔的线索,将她拉回这个爱的世界,哪怕只有一瞬间。

李晴把这组照片命名为"但愿人长久"。她说,公公出事那天,有那么多人出手相助,她一直没有机会表示感谢,所以她也想借影展说一声谢谢,谢谢宁波这座爱心城市,谢谢每一个善良的人。

那场重复的展览吸引了很多人,因为爱,不怕重复。

爱也会延续。

李晴的展览上,有个医生看了很久。

阿尔茨海默病是没有办法治愈的病,但很多病痛可以治愈,就像他所在的宁波市第六医院手外科,每天都有人笑着出院。这位叫杨科跃的副主任医师手机里有一堆这样的照片,患者举起渐渐痊愈的手眯眯笑:"杨医生,谢谢你。"

卫生系统有"一人一艺"的摄影社团,他忙,也顾不上拍别的。戚颢主席来医院上摄影课时他就拿这些照片"交作业",反正主席说过,"所有记录都有价值。"

没想到戚颢很感兴趣,还提了个建议:"要不在办公室搭个摄影棚拍?"

"啊?"杨科跃第一反应是"这么大张旗鼓怎么行",他们办公室又小又挤,天天人来人往,"领导肯定不会同意。"

后来明白了,所谓摄影棚,就是找块黑布,要拍的时候粘墙上,在黑背景的衬托下,给即将出院的患者留个影。

"那可以试试。"

刚好有个做木工伤了手的老伯做完了三次手术:第一次是接指手术;第二次是从腰上取一点骨头,给没有愈合好的骨头补上;第三次是取钢板。最早家属接受不了,看起来不大的伤,为什么要遭三次罪。杨科跃解释了很久,最后老伯自己拍板,听医生的。到了手术台上,他说:"杨医生,对不住,头回做手术,担心总是有的。我相信医生总有医生的道理,我的手就交给你啦,你想怎么弄就怎么弄。"

最后一次手术做完出院的时候,老伯的左手大拇指和食指还缝着线,他在镜头前竖起大拇指,"相信医生总是不错的。我要给你竖个大拇指。"接着又说,"不对,一个不够,我要给你竖两个。"

照片上老伯笑得很开心,让看的人也会情不自禁笑起来。

这也是医患双方互相治愈的过程。

杨科跃就这样拍了三年。从 2018 年起,100 多个不同年龄、不同身份、不同性格的患者出院前举起还带着伤痕的手,在那个临时"摄影棚"留下愈后的微笑。

他从没想过会一战成名,对他来说,这组照片的意义不过就是筋疲力尽的时候拿出来看看,想想自己当初为什么要选这一行。

2021 年阿拉宁波摄影节,《愈后的微笑》展出,策展人说,"这是零散而具体的个体完成大众情绪的传达,丰富的拍摄对象和较强的形式感让这些笑容更加震撼人心"。这组照片被《宁波晚报》报道后引起轰动,央视、《人民日报》、新华社、中新社、学习强国等三十多家媒体随后连续报道,宁波杨医生和他的照片出现在各头部媒体的首页头条,宁波医患间的温暖故事瞬间传遍全国,一时间成为最大的热点。

一拨又一拨的记者找上门来,杨科跃总是为难,他实在不习惯坐在镜头前。领导说,为了形成更好的医患关系,还是要配合采访的。于是他勉为其难地去了,很多记者问他出名后有什么感受。"《愈后的微笑》带来的轰动效应,已经超过了很多知名摄影师的作品。"

"我不是摄影师,我就是一个普通医生,抽空拍了点照片。手术是为了'治愈',艺术也是为了'治愈'。"

◎ 那一点心动

除了各种比赛，还有一个地方展示过很多民间艺术家的才华和梦想。那里地方不大，很安静，很有分量。每一次胡朝霞觉得她的徒弟"出息了"，就会建议他"把作品拿给宁波市文化馆群星展厅看看，只要展厅同意你就去，反正不要钱"。

这个主要针对本土艺术家的展厅设在宁波市中心著名的5A级风景区月湖边的一座明代建筑内。文史大家周退密先生手书的"大方岳第"牌匾下，很多人小心翼翼地问负责人朱启仁："在这里办展览，有什么门槛吗？"

朱启仁也不好说。2008年群星展厅开放之前，好像没有哪个城市会在这么好的位置设一个"双免"的展厅：参观免费，办展免费。这比2011年1月文化部、财政部正式出台的《关于推进全国美术馆、公共图书馆、文化馆（站）免费开放工作的意见》超前三年多。

"双免"，是为了让更多的人进来。可什么样的人能来办展览，没有先例可循，朱启仁只好说，"那你先把作品拿来看看吧。"

不看作者的名气、身份、奖项，只看作品。

"你看看，成不成？"64岁的杨炳坤来展厅咨询时，两眼几乎贴在画上。眼神不好的人更敏感，他很快察觉到了朱启仁的迟疑，"不成，就算了。"

朱启仁岔开话题："老先生，你眼睛怎么了？"

"视网膜静脉周围炎，现在视力只有0.1，"杨炳坤伸出一根手指在眼前晃来晃去地比画，"这些画都是没毛病的时候画的，以后不好画了。"

两幅画都是慈城风光，一张慈湖，一张孔庙。自荐的老人朱启仁见多了，他们大多来自老年大学，勤奋，创作激情高，只是真要做个展览，确实有点让人为难。但那句"以后不好画了"让朱启仁动了恻隐之心，"老伯伯，你还有其他的作品吗？"

"多的是啊,但都差不多。"

朱启仁和同事去了老人家里,云石街的一个陋室,打开房门,天哪,一屋子的油画,都是慈城。

那些画单独看都平平无奇,可当上百张放在一起,朱启仁只觉震撼。那些房子、巷弄、石桥、牌坊,每一张都不惊艳,但每一张都那般亲切,让他想起小辰光。

老人说那是四十年前的慈城,那时他在那里插队,待了十一年。回到市区后他还是常常回去,找老朋友聊聊天。谈到过去四十年里渐渐消失的老房子、老民俗,他都觉可惜。他便说,"要么,我把它们画下来吧。"

他小时候学过水彩,插队时因为大队需要画宣传画的人,便学了油画,但回城后就很少画了。退休后他听过几堂油画讲座,想重新把这一技艺拾起来。现在很多老房子都不在了,他找老照片,找自己当年的写生,找老慈城人回忆,一点一滴地在画布上还原慈城旧貌,直到医生警告他视网膜随时有脱落的危险,再也不能这么过度用眼了。

因为窗子老旧,光只能透进来一点点。那些画,摊在地上、桌上,甚至床上。很难想象,在这个局促昏暗的房间里,渐渐失去视力的老人,如何一笔一画地画出令他魂牵梦萦的古城。

还有他念念不忘的青春。

朱启仁和同事们把那些画都带了回去,一张张重新装裱,精心布展。"就是要让每个参观的人身临其境,觉得亲切,回忆童年。"

那个展览引起了很多人的深深共鸣,后来《宁波日报》还报道了这件事,稿件末尾留了电子邮箱和地址,鼓励大家一起画家乡。他们收到了很多作品,有正儿八经的油画、水彩,还有很多简单的铅笔画、钢笔画,寥寥数笔,很匆忙,画在笔记本上、便签纸上、酒店的信笺纸上,甚至广告宣传单的背面……

画画的人有的是学生，有一些上班的，还有些说不定是来出差的。朱启仁整理的时候觉得挺有意思，但"总归艺术性差一点"。多年后他突然幡然醒悟，"那会儿要是紧接着把所有收集到的画再做一个展览多好，那就是每个人心底的乡愁啊。"

现在他总结出了一条标准，"就是我们看到它的第一眼，心动了一下。"

截至 2022 年 7 月底，宁波市文化馆群星展厅展览共计 329 个，它渐渐变成了"一人一艺"的成果展示区。越来越多的平民艺术家在这里留下印迹。

杨炳坤办展之后的 2019 年，又有四位与祖国同龄的老知青在群星展厅办了画展，那一年也是他们赴黑龙江插队落户五十周年。他们给朱启仁看当年的合影，北大荒的低矮教室前，四个年轻人笑眯眯地看着镜头。那是 1971 年，在黑龙江插队两年的他们同时被选进了一个美术创作培训班，从而成为一生的朋友。之后多年，命运辗转，四人经历不同的人生起伏，在各自的道路上辛苦前行，但不管到哪里，画笔不曾丢下，友谊一线不断。

"平时哪怕一两年不联系，哪天突然想到谁，可以直接去他家住几天，老酒喝喝，闲话讲讲，到半夜都舍不得困。"

每次聚会都拍一张合影，都按当年的位置。到了一切尘埃落定的年纪，便约定一起办个展。四人的画各有风格，但和每个年代的合影放在一起，大家一眼就看懂了北大荒的青春往事，看懂了穿越半个世纪的情谊。

还有些展览并不是那么容易"懂"。一位镇海中学的学生，高考之后来"考察"了一圈，心里便有了主意。"我可以办一个不一样的展览吗？"他说过完暑假就要出国读书了，想在这个自己喜欢的地方留下点东西。

在这个古宅里，他自己策划了一个涵盖雕塑装置、综合材料绘画、影像音频等的展览。朱启仁帮着他一起布置，挂上有残缺的孔子头像，在鸟笼里放上三部手机，布置撕裂的墙面，前言中说"展开对日常环境中一些事与物的反思"，海报也是他自己设计的，错落但层次分明的黑与灰。"你不一定懂，但是一定会有触动。"

而有些触动并不在于展览本身。

群星展厅还做过特殊教育成果展，展品很丰富，漆画、面塑、京剧脸谱、果蔬雕刻、服装制作……朱启仁和同事们一边布展，一边讨论，猜测作者是一个什么样的孩子。

他们在称赞一幅漆画的时候，突然被打断，"明天看到自己的画在这里展览，他不知道会有多高兴。"

这是一个来帮忙布展的妈妈，朱启仁之前没留意，一时尴尬，但这位妈妈却一再感谢，她好像有一肚子的话，看着那幅画，自顾自地说下去。

她说自己是做财会的，读书的时候理科很好。以前她总是想，儿子别的不说，数学总该是没问题的，谁想到都快上小学了，他一点数字的概念也没有。没有办法，只能相信勤能补拙，她一遍遍地教，拼了命想让儿子跟上正常的孩子，不至于太让人看不起。1、2、3、4……五遍、十遍……半天、一天……再有耐心的人也火了，她觉得自己发脾气的时候不是在说话，而是在吼，不管怎么样，先要把自己心里的愤怒吼出来。可再怎么吼，孩子还是不会。他怕妈妈，形成了条件反射：妈妈一撩头发，他就吓得下蹲捂头。

她当时好绝望：为什么会有这样的孩子？而且这个孩子还是我儿子？小学报名的时候，她牵着儿子的手站在校门外，看到里面的孩子个个聪明伶俐，能说会道，她连进门的勇气都没有。

后来孩子去了特殊学校，认识了有着类似状况的小伙伴。在学校里他开始学画画，水彩、版画、漆画，一样样轮着学。在这里他是"优等生"，总被老师夸，后来还有外面联盟机构的老师过来教，大家一起策划了这个展览。

"他真的很喜欢画画，他说要叫所有人都来看，"这位母亲热切地看着朱启仁，"以后这些展览可以多办一些吗？"

"当然,"朱启仁说,"我们会想尽各种办法支持的。"

◎ 那群被重新照亮的人

特殊群体扶持是"一人一艺"的专项任务之一。这项任务由包括残联、市文化馆在内的各部门推进,但具体落实的是一些培训机构。

资深舞蹈教练徐韬没有想过有一天他会教一群坐在轮椅上的年轻人跳舞,有几个朋友教过,建议他去试一试。全市唯一的一支舞蹈队在镇海。他觉得新鲜,就答应了。

"但这是公益活动,没有钱的,偶尔补贴个交通费。"

"哦,没关系。"

"不过你放心,去了肯定有收获。"

他是个认真的人,约好晚上7点训练,他5点就去了,想熟悉一下场地。没想到有个学员来得更早:"老师,我得先教你坐轮椅。"

这是队长陈久,30多岁的年轻人,很清秀。徐韬后来才知道,陈久住在海曙,坐电动轮梯再转地铁,过来得一个半小时。

但陈久不提那些麻烦,他很耐心地指导徐韬掌控轮椅,前进,后退,转弯,徐韬手忙脚乱,满头大汗,一不留神就和陈久撞到一起,人仰马翻。陈久笑起来,"没关系,比我当年强多了。"

不太会坐轮椅的教练和不太会跳舞的学员磨合,真的很辛苦。很多动作徐韬不确定他们能不能做到,但他不好问,怕伤人自尊,只能靠观察,并努力体会:如果自己的下半身没有知觉,腰受不了力,那么那些动作还能不能顺理成章地呈现。

但整个舞蹈队20多个人,动作各样,他不能一个个体验过去,于是就喊了一些帮手,他们也来自"一人一艺"的联盟机构,都是舞蹈老师。徐韬设计动作,大家一起体验,再分别教给每一个学员。

大家心照不宣,觉得不行的,便说:"我们换一个。"

拉丁有个经典动作叫阿里曼娜,女士在男士臂下右转,男士必须稳稳地定着。如果腰不能使力,就只有身体前倾。可是,人家打着钢板呢,"那换一个吧。"徐韬设计了个新动作,身体向右倾,有个受力点,会好一些。

"还是前倾漂亮。"陈久说,"我可以的。"

他不肯将就,一遍遍试,一直到大家都走了,徐韬陪着他。

因为训练时间太长,陈久整条腿已经肿了,他想看看到底肿到什么地步,撩开衣服却不小心露出了身上的尿袋。

那一瞬间时间好像静止了,徐韬尴尬地左顾右盼,恨不得立马消失。他想过种种不便,但从没有想到这么艰难。

倒是陈久先反应过来,拉下衣服一笑:"就稍微有点不方便,不影响的。"

那天晚上他们聊了很久。陈久坐轮椅那年只有17岁,中专毕业前诊断出脊髓血管畸形,在上海的医院做完手术,下半身就没了知觉,当时混混沌沌,回到家看到左邻右舍都围上来,才突然意识到,一切不一样了。"我就看到一张张嘴巴在动,完全听不进去他们在说什么,这种关心,我根本不想应付,我也不需要同情。"

后来他搬到了海曙白云街道,很快就有社区工作人员上门,邀请他参加一些活动;接着,又有一家公司找上来,问他愿不愿意负责帮忙管理公司网站……有了事情做,也不去七想八想,攒了点钱,和朋友开了个小公司,一边创业一边做公益,但有些心结他还是放不下。2018年,市残联的工作人员找到他,说要成立一支轮椅舞蹈队。他想,我干吗要把自己的残缺放到舞台上给人看,于是找借口婉拒。

2018年"一人一艺杯"宁波市首届舞王大赛,把特别奖颁发给了一个叫杜敏的女孩。他一看，这人他认识，一起参加过公益活动。杜敏也是一个轮椅女孩，20岁那年车祸造成脊髓损伤，消沉过后跑到北京学舞，还上过星光大道，后来因为爱情来到宁波。陈久看到她在领奖台上接受采访，她说每次排练、演出时都要把自己牢牢地绑在轮椅上，才能完成每一个动作。没有知觉的腿被勒出一道道血印子，摔跤是常事。"但一切都值得，真的值得。"

她说"值得"的时候笑起来，大眼一弯，整个人都在发光。

陈久联系到杜敏，然后一起加入了轮椅舞蹈队。这两年，队员也在一点点增加，有很多"一人一艺"社会联盟机构派老师来做免费辅导。因为他们的接力，这支设在镇海的轮椅舞蹈队接连拿到省、市大奖。

第一次上领奖台的时候陈久闭上眼睛，感觉眼泪从眼眶涌出，从脸颊滑落，好像心里一些很重的东西随之慢慢流淌出来。他终于接受了轮椅上的自己，并和命运达成了和解。

徐韬也完全理解了朋友介绍他来时所说的"肯定会有收获"。舞蹈的意义不仅仅是展现形体之美，它是真的可以让那些受到重创的生命再次被照亮。

"看似边缘群体的命运，折射的是这个社会里每个人的处境，一个好的世界不会凭空而来，它需要人人参与创造。"

◎ 那些"看不出成绩"的教育

还有一些艺术普及，是在学校里通过日常美育一点一滴浸润的。

在问卷中，外来务工人员的艺术普及率不高，于是他们孩子所在的学校受到了更多关注。

镇海区敬德小学很小,一眼就望到头了。

学校占地8亩,前后双层教学楼,楼前是一条窄窄的塑胶跑道和一个小小的球场。7个教学班,300多名学生,16名教师,4名保安,1个食堂阿姨,就是全部了。

这是镇海最小的公立小学,九成以上学生都是外来务工者子女。

2016年起,这所袖珍学校被镇海区文联、区文化馆设为书画摄影文学传承基地,区少年宫也常派老师来上课,还组织学生去采风。

外头的老师不能天天来,校长顾军宏就安排老师根据各自特长各教一门拓展课。他自己带头教摄影,参加的人也最多。

学校有个传统,2013年起,每年从各个班推选出一位各方面表现优秀的"校园之星",校长带老师上门家访,拍一张全家福。

"校园之星"是全校"最高荣誉",顾军宏原想每人发一张奖状,但在大大小小的出租屋家访后改变了主意。家访是大事,总在外面忙的爸爸也回来了,满地撒欢的弟弟妹妹规规矩矩地坐着,妈妈前一天就开始收拾家,全家齐齐整整严阵以待,但聊着聊着,就说到在老家读书的哥哥或姐姐。孩子们都知道,小学毕业后自己也要回乡读书,他们一直在给自己倒计时——"明年我就不在爸爸妈妈身边了。"

那声轻叹让人心里说不出什么滋味,老师们你看看我、我看看你,顾军宏说,"那趁现在,老师给你拍张全家福吧!"

这个传统坚持了很多年。老师们会约好时间,带上专业器材;每个家庭都精心准备,屋子都收拾得一尘不染,爸爸赶回来,老人提前理发,孩子换上新衣,座位事先排好……

顾军宏教摄影,第一堂课就是教大家拍"我的家"。

不需要专门买相机,用爸爸妈妈的手机就行。

"器材不重要,重要的是善于发现的眼睛。"顾校长说。

但多数孩子交上来的作业,还是公园、商场、城市的车水马龙。

"家里又小又挤,衣服挂得到处都是,乱糟糟的。"孩子支吾着,"拍不出漂亮的。"

"知道'校园之星'的全家福为什么不去公园拍,不去影棚拍吗?为什么一定要在家里拍?"顾军宏说,"因为一家人共同生活、一起奋斗的地方,就是全家福最好的背景。等以后你们毕了业,离开父母,离开宁波,去很远的地方,回过头来再看看以前的家,你会发现那才是最美好的时光。"

当然,他晓得,这个年纪的孩子,现在未必听得进这些,也懂他们敏感的小心思。他说,这些照片你们可以不交,但是一定要多拍。他特意请一些摄影大咖教孩子们怎么捕捉瞬间:不要摆拍,就让父母做正在做的事,炒菜也好,拖地也好,教训弟弟妹妹也好,拍他们最真实的状态、最自然的表情,各种角度,连续多拍几张,一定能挑出一张姿势神态最传神的。

"我爸爸说他肚子大,挡住肚皮不让我拍。"

"那你就拍他挡肚子的样子。"

"哈哈哈哈哈。"孩子想象着那个画面,咧嘴笑了,"可是还是不好看啊。"

"没关系,你觉得好玩就行,好笑也行。"

这几年,随着"甬上乐业"政策的推进,很多孩子不但可以在宁波完成义务教育,还能参加中考。顾军宏心里有这么一幅画面:许多年以后,不管这些小孩走到哪里,不管他们还记不记得敬德小学,全家福还能被挂在他们新家的墙上,如果那些好玩的画面还留在他们的手机里,成功时会分享喜悦,失意时会带来安慰,这就是开这门课最大的意义。

艺术教育到底在教孩子们什么?摄影又带来了什么?顾军宏曾在一个教育会议上分享感受。他觉得教孩子体谅父母、热爱家乡,倒不如教他们观察、拍摄、记录。审美比说教有用,时间长了,会慢慢变成孩子的习惯。习惯中有意志,意志中有独立的能力,不会轻易随外界动荡。

很多同行觉得顾校长挺不容易,毕竟这些小升初不会考,比赛也很难获奖,对学校来说,不是什么马上可以看到"成绩"的教育,也未必有什么可以写进总结或经验的意义,何苦费这个心思?

顾军宏谦虚地说,"又不是我一家学校在搞,我是从榜样那里学来的。"

比如本来就以艺术教育见长的华师大宁波艺术实验学校,除音乐、美术、书法等常见的艺术门类之外,还开发了一种玩具,并且到处推广。

这种玩具就是最普通的纸。老师和非遗传承人一起带着孩子们用古法造纸,染纸,折纸,剪纸,拓印……其实也不需要特别的工具,废纸在豆浆机里被打成浆,用纱网过滤,加入树叶或薰衣草花瓣什么的,找一个底部平平的澡盆抄纸,用烘干机烘干,就是独一无二的纸了。还可以折纸杯、纸帽、纸壶、纸风铃,还有洋娃娃的裙子、战斗机、变形金刚……纸真是一件好玩具啊,没有什么是用纸做不出来的。

造纸、折纸没有考级,也不大会有比赛,但涉及各种几何知识、对称美学和力学原理,还能培养孩子的想象力、动手能力,以及从生活的边角料中发现美好的能力,这是最好的艺术教育。

而海曙外国语学校也教很多和外语无关的东西,比如泥金彩漆。

"一人一艺"把很多非遗项目送进了校园。老师把宁海产的堆漆桶带到课堂上:"以前宁波的女孩子们出嫁,爸爸妈妈就会找最好的工匠,做一个漂亮的桶,让她们带过去,希望她们今后的日子和和美美的。"为了拉近非遗和日常生活的距离,老师买了很多木盒子和木桶,刷上朱红的漆,让孩子们自由发挥,用太空泥做成上面的各种花纹,用金色的丙烯颜料细细勾画。

这是学校和宁波市文化研究会一起开发的课程,通过一件件具体的东西,提高孩子对传统文化的审美,把古老的乡愁植根于"00后""10后"的年轻心灵中。这些孩子早晚会离开,去见识更大的世界,希望他们不管走到哪儿，内心都有一块笃定的地方属于故乡：希望今天留给孩子的美丽乡愁，会成为他们在这个时代里对抗流逝岁月和浮躁人心的定海神针。

校长们聚在一起时，也常常分享心得。

"弄得那么辛苦，有些家长还觉得不务正业，到底有什么花头？"

爱菊艺术学校的校长朱宁说起1984年她刚当老师的时候，广济中心小学开创了全市第一个舞蹈创新班。她每次拎着收音机，带着30多个孩子穿过柳汀街和第一医院去群艺馆练舞的时候，都像春游一样开心。

朱宁沉浸在往事里。她说，"后来艺术教育满地开花，我们有了越来越复杂的评价体系。""学得好"或"学得不好"也逐渐成为一个可以量化的指标。孩子还小的时候，表现好就会得到一朵小红花，然后大家都在看，全班谁的小红花最多；接着有了分数、排名，学钢琴必须考级，学跳舞是为了获奖，否则好像就是白学了。但我们不能忘记，学习是为了成长，为了掌握可以运用到生活实践中的本领，为了让自己认识更大的世界并收获更多的快乐；教育是为了实实在在培养孩子勤观察、多思考、善动手的能力，适应变化、接受新鲜事物的能力，以及发现美好、感知幸福、保持自信的能力。这些没有量化标准的能力，将真实地影响孩子今后的人生。

"双减"之后，"一人一艺·减负担增才艺"的理念深入人心，优秀艺培机构和特色艺培活动被引入校园打造艺普美育公益课。教育者们渐渐达成了共识，说到底，真正能评价教育成果的，不是贴在墙上、印在奖状上的小红花，而是盛开在心里的种种喜悦，绽放在人生路上的朵朵惊艳。

◎ 那些一直在坚持的微光

有的时候，艺术普及的载体未必是课程和活动，而是环境和空间。

"一人一艺"空间联盟很多是书店,有的是很多人慕名去打卡的文艺地标,有的就是家门口的书店、社区图书馆,散着步,走着走着就到了。

2022年,"枫林晚书店"刚好20岁。

月湖店是枫林晚书店的第四家分店,2018年初开业,一场寒雨淅沥。复古的吊灯在彩色玻璃上折射出温暖的光,老板郑永宏进进出出,迎来送往。老顾客握着他的手说,"不容易啊,老郑,风风雨雨到底熬出头了。"

郑永宏百感交集,抬头看"枫林晚"三个字,不晓得是雨雾还是眼眶湿润,竟觉视线模糊起来。

月湖店总面积有500多平方米,是最大的一家枫林晚书店。当时很多人觉得这么大,运营成本会很高,但郑永宏坚持要开,开业两个月后,这里挂了块牌子——"一人一艺"空间联盟样板空间。

这是宁波最早的"一人一艺"空间联盟样板空间,全民艺术普及进入纵深发展阶段,更加注重社会化合作机制的探索与延伸。海曙区文化馆的负责人找到郑永宏,说是要挖掘打造一系列时尚又颇具本土特色的新型艺术空间,小而美,像枫林晚书店一样的,一个一个,串珠成链。

"往后有什么活动需要帮忙的,我们全力支持,或者你有什么想法,我们来找人,联系资源。"

郑永宏心花怒放:"太好了,这也是我花了很多工夫在做的事情。"

从书店到空间,这一步郑永宏走了很久。枫林晚诞生于2002年9月,当时的老郑应该叫小郑,25岁的他和女朋友康海燕从杭州到宁波玩,觉得宁波不错,两人本来就有开书店的想法,就留下了。

小两口租了一个23平方米的小屋子,去旧货市场买铁架,搭结构、拧螺丝,搭起了三面墙的书架,手头实在紧,书架没摆满。

刚开业时,有开过两年书店的老板进店逛了一圈,留下一句话:"这店开不到几个月就得关门"。康海燕想,"这个人怎么这么不会说话?"

郑永宏"切"一声,"那是他没眼光!"

他对自己的眼光挺有信心,门口是商务印书馆出版的一排汉译名著,当时连个座位也没有,不少书友就站着看,一站就是一两个小时。

喜欢就好,他从不介意站着看书的人最后到底会不会买。

康海燕比他多点"商业头脑"。书店刚开业时她印了一叠宣传单,骑了2小时自行车去宁波大学,往学生的车篮子里塞。有当时宁波大学文学院的教授循宣传单找来,"像挖到宝一样",也因为教授的推介,枫林晚书店第一次有机会进入宁波大学的书展,一天就挣了4000多元。不久,他们就在宁波大学边开了第二家店。

但这家店没几年就关了,原来的常客毕业了,电商崛起,新生不大进店了。

2012年前后最困难,房租涨得快,郑永宏夫妻只能将店面从一楼沿街的好地段搬到二楼拐角隐蔽处,冷冷清清。

康海霞安慰丈夫,"又不只我们困难,你看最近关了多少家书店。"

郑永宏说,真关了,也不算白忙一场。搬店当天,20多位书友自发赶来搬书。两个店铺离得近,所有人站成一条长龙,挨个把书传递到下一位手中。不到半天,5万多本书通过这样的人力"流水线"完成了搬家。这是他这辈子都不会忘记的画面。

也是那个画面让他灵光一现想到另一条出路——书店不只卖书,把私人化的阅读变成一种新的社交体验,把书店打造成一个公共开放、多元包容的全民阅读空间。

书店要搞活动,为了请来嘉宾,郑永宏用最笨的办法,去微博挨个私信,或托朋友介绍。

看到投缘的新书,就找出版社,再想方设法地联系作者。

2015年,郑永宏看到了南京师范大学书文化研究中心主任朱赢椿的《虫子旁》,随手翻到一页,看到池塘边有一只虚弱的蚱蜢。

"看着身边比自己身材还要娇小的蜗牛和蚂蚁,都在为自己的来年做准备,而蚱蜢是知道自己过不了这个冬天的,索性就让自己平平静静,细细体悟秋阳、花香和秋风。"

这位书籍艺术家在工作室旁边写下的一篇篇"观虫日志"让郑永宏很触动。那时朱赢椿已经很红了,讲座约到了第二年。郑永宏和出版社联系,和大学联系,给他发电子邮件,他说不知道实体书店能挺过几个冬天,但他想在努力坚持的同时,"细细体悟秋阳、花香和秋风。"

很快,朱赢椿来了,小小的书店坐得满满当当。

总有人热爱秋阳、花香和秋风,投缘的人终究会聚在一起。

就这样一直撑到了2016年,中宣部等11部门联合印发《关于支持实体书店发展的指导意见》,国家对实体书店的扶持在各地纷纷落地,比如免税、房租优惠、奖励特色书店等。后来,全民阅读得到了越来越多的重视,宁波成为浙江省第一个以立法形式促进全民阅读的城市,在全国也属走在前列,浙江书展永久落户宁波,一系列特色阅读品牌活动应运而生,比如吸引3000多名市民报名的市朗读大赛,有近万名中小学生参与的中小学生课文朗诵大赛,"席地而坐·斯文在此"读书沙龙、"天一夜读"等高端阅读活动品牌……

在这样的阅读氛围里,越来越多的作家、文化学者走进枫林晚书店,随着天一阁·月湖景区被打造成宁波书香核心区,枫林晚书店的活动更丰富起来,打造了一系列以宋韵文化为主题的雅集,还积极探索创新的"月湖书肆集"……

前几年,虽有疫情反复,但最难的时候已经过去了。

一直在坚持的不只有老郑。

青林湾社区的"纸飞机"童书馆开了十年,馆长陈菁菁当年的初衷不过是给两个女儿买的2000册书实在没处放,刚好有个门面房,干脆开了个书馆和邻居们分享。

十年间,谁都可以来看书。这里几乎每晚都有免费故事会,每周都有阅读主题活动,每月举办妈妈读书会,每季度有亲子阅读公益讲座,每半年都有大型专家讲座,还有不定期进行义卖、捐赠书籍的……

疫情期间,书馆办了700多场线上故事会,但成本压力在,陈菁菁担心"真亏了"。丈夫说,"什么叫亏?什么叫赢?两个孩子能读到那么多书,也能分享给其他孩子,那就不亏。"

她最能体会到"赢"的时候,是2023年春天的"浙风十里·亲子有礼讲堂",她去洞桥农村文化礼堂讲绘本故事,认识了一位两岁娃的妈妈。她嫁到温州,和丈夫来海曙工作。她说这么多年兜兜转转,在这个故事会上找到了家的感觉。

那句"家的感觉",对陈菁菁来说,比"全国十佳绘本馆""全国家庭亲子阅读体验基地"的荣誉更让她激动。

宁波活跃着近千个阅读组织,其中很大一部分成员是妈妈们,从引导自家娃阅读开始,她们分享、交流、联结,零散的点联结成互通的网络,覆盖到越来越多的孩子,也得到了越来越多的支持:各种文化空间的邀请,基金会的注入,政府的补贴和奖励……澎湃的民间力量,正在成为城市阅读的"导航者"和"分享者",也让全市的孩子受益。

相比城区的儿童,乡村孩子们的阅读资源、阅读氛围更值得重视。2019年,由宁波大学园区图书馆主导的乡村儿童阅读公益推广项目诞生。三年间,16所农村学校成立"小星星阅读实验基地"。阅读推广人李朝霞带着近30位甬城名师走进深山、海岛,给孩子们带去阅读课,给家长们带去亲子阅读指导讲座。

近年来,宁波市荣安贤和教育基金会每年捐赠近10万元经费,由图书馆买书陆续送到各个乡村小学,分散在各教室,打造"有光的阅读教室"。

同时启动的还有"百师领读计划",很多教师被动员起来,录制讲读音频,实现对乡村孩子的有声阅读陪伴。

此外,截至2022年,全市已建成农家书屋2000多家,很多都设立了亲子阅读体验区,不时有公益组织和名校老师来上阅读课。

全市设立300多个书循环点,这些书会进入偏僻山野,还会流向遥远的库车、凉山。

那么多人齐心协力为那里的孩子打开一扇窗。他们说,阅读不能让命运更好地对待我们,却可以让我们更好地对待命运。每个人都会长大,但人不会因为成长而停止读书;相反地,人只会因为不读书才停止成长。

读书也越来越方便,每个社区几乎都配备了图书室,"互联网+"结合"物联网+"的模式,让全市读者都能享受到"手指点点邮书到点、到家"的公共文化服务。无论在高山还是海岛,只要读者有需要,都可以送书上门。2021年,宁波图书馆全年送书总里程超过40080公里,可绕地球一圈。

《2021年宁波市居民阅读调查报告》显示,2021年宁波市成年居民综合阅读率为91.8%,远高于2020年全国平均水平81.3%;4·23世界读书日,《宁波晚报》发起"阅读点亮宁波"的线上活动,邀请网友写下自己最近在看的书和感悟,在虚拟地图上点亮一盏灯,生成宁波在线阅读地图,当天共吸引了2万余人次参与。点点灯光勾勒出一座温暖明亮的城,一盏盏被点亮的灯背后,是一个个被点亮的真实存在的生命。

◎ 那些星罗棋布的空间

2020年年底,枫林晚书店和章水镇政府合作,将书店开到了李家坑,大山里的书店还上了央视。来村里的游客有了坐下来喝一杯咖啡的地方,还有人来这里办画展、讲座、音乐会。

这不是大山里的第一家书店,也不是大山里的第一家咖啡馆,人们已经习惯了乡村里星罗棋布的艺术空间。

这种习惯是什么时候开始的呢?很多人的印象中,是从葛家村开始的。

葛家村,宁波市区80公里之外的一个偏僻小山村。

2019年4月4日,45岁的中国人民大学艺术学院副教授丛志强带着3名研究生辗转来到这里。

他们走了村里最差的一条路。

村舍零乱,房屋陈旧,人口稀少,两边一座座老屋,塌了一半的,将塌未塌的,各个年代都留下了痕迹。

看上去与中国大多数乡村没有什么区别。

作为中国乡村振兴人物、国务院扶贫办携手奔小康行动之"贵州定汪"案例的主持人,丛志强一眼就看中了这个依山傍海小山村的"普通"——村民收入中等,村容村貌中等。

能不能少花钱,靠农民自己的双手,就地取材,扮美家园,振兴乡村?

时任宁海县委副书记李贵军与他一拍即合。在这之前,李贵军已在宁海工作多年,看过中外乡村建设的不少案例,艺术形式助推乡村振兴的想法逐渐清晰,他一直在努力寻找一条具体的路,让脚下的这片土地更美,让群众更有获得感、幸福感、安全感。后来遇到了丛志强,聊天提到"设计激发村民内生动力"这个话题时,他顿觉心有灵犀。两双打小干过农活的手握在一起,他就在葛家村扎了下来。

丛志强准备了一份40多页的PPT进村了,准备给村民们讲一课——"艺术设计激发乡村振兴内生动力",村主任、村妇联主任挨家挨户地动员人去听。

"开会,培训,给钱吗?"

村干部摇头,"北京来的教授,给你们上课呢。"

村民也摇头,"没有这个工夫。"

"大学老师会让你的家更美,让你的生活更美。给我个面子,行不?"

好说歹说,1600人的葛家村来了几十个"学生"。

老师讲得真诚而热情,为了迎合"学生",课前特意将课题改为"如何用设计赚钱","学生"也听得认真,但还是没听明白艺术和赚钱之间的联系。

70岁的村民葛得土盯着老师的招风耳和山羊胡给了一句评价:"猢狲一样。"

这是村民第一次给丛教授的公开评价,丛志强听到了,却没听懂,他冲葛得土笑了笑。

葛得土也笑了笑,心里却把人当成骗子。

"莫不是做传销的?大家要当心。"

丛志强还是听不懂,但他能看到,学生越来越少了。

他有点恼火,可冷静一想,可不就是要改变"政府干、村民看"的现状吗?于是心一横:"讲理论没用,那就干吧,干到农民都相信!"

第三天一早,丛志强在村文化礼堂拦住老支书葛海峰,说是要找几个会垒石头的人。

葛海峰乐了:"这个简单,要多少有多少。"

他很快找来了6个人。丛志强派2个人到溪里捡石头,2个垒,2个和水泥。大家都好奇:"这是做什么?"他说,做有用的事。大家都喜欢在文化礼堂前的空地聊天,站着、蹲着没地坐,那就做把椅子。

一张长椅只花了小半天工夫和30元水泥钱。大家都说好看、不错。椅子是人字形的,丛志强是中国人民大学的副教授,后来不知道谁钉了块木牌牌,给长椅取了个名字:人大椅。

实实在在让大家看到了艺术的"好处"后,丛志强的"帮手"开始越来越多。他们先是用溪里的石头、山上的竹子和灌木、废弃布条、废轮胎改造了村里最脏最乱的一条路,还打造了卧溪院、乡村客厅、时光场域、手工艺馆……接着越来越多的人来请"丛教授"给自家院子"设计设计"。最早找上门的是会一点木工活的葛万永,说是要改造自家小院。在丛志强的指导下,葛万永在院中的大桂花树旁做了一个可以喝茶聊天的小茶坛,名曰"桂语茶院"。

看到"成功案例"后,要求帮忙改造的村民更多了。一个个改效率太低,村民们应该互帮互助各取所长。在中国人民大学研究生张振馨和张莉苑的组织下,报名的近百位村民被分成7支艺工队,由葛万永等人担任组长,带着组员在村内各个节点、农家院子等地打造艺术共享空间。

"80后"葛品高离开村子办企业多年,他一直惦记着每逢雨天就会"屋外下大雨,屋里下小雨"的老屋,那里有他童年的印迹,家族的回忆。他听说丛志强在自己村里,就立即赶回来。葛品高说,要让年久失修的老屋活起来,有人气。于是,"仙人掌"乡村酒吧在葛家村诞生了。同时,在老宅的二楼,一处50多平方米的空间也被改造成了乡间公共图书馆。老屋不仅有了生气,每月还能有六七千元收入。

2019年两期改造结束后,村民们共建设了40多个共享空间,创作了300多件艺术品,总投入60万元。2020年8月26日,葛家村入选第二批全国乡村旅游重点村名单。

这股自宁海刮起的艺术风潮席卷了宁波,并且开始升级扩面。2020年7月,东钱湖旁的鄞州区城杨村开展艺术赋能活动,通过整合社会资源打造智慧农场、竹筒饭等多个产业基地,吸引外国游客,打造国际旅游村。2020年10月,镇海区横溪村迎来了浙江万里学院的冯道刚教授。在他带领的头脑风暴下,村民们对村子的节点改造提出了30多条建议。最后,这些所需所想被冯道刚转换成设计图,许多建议正在成为现实……

还有很多的民营资本进入到乡间的艺术馆、美术馆、咖啡馆。

位于东钱湖的华茂艺术教育博物馆，就是时尚青年周末打卡的首选地。作为以"艺术教育"为内核的主题博物馆，该馆收藏了中国近现代艺术教育先驱的作品百余件，系统梳理了百余年来中国近现代美育发展脉络，旨在打造开放、多元、无围墙的社会美育实践基地。

章水镇杜岙村的杜岙美术馆是企业家王兆春的作品。这是一个造型独特的建筑，建筑面积2700平方米，由意大利波捷特建筑设计打造而成，其前身是个粮站，汇港控股集团将其收购后，把闲置的粮仓变成一个储存"精神食粮"的艺术仓。

美术馆引来了络绎不绝的客流，村民就在旁边开起了杜岙咖啡馆。每到周末和节假日，美术馆和咖啡馆人气都很旺。

王兆春的另一个作品是鄞州区的汇港美术馆。

这家网红美术馆安安静静地开在一幢写字楼里。门口没有工作人员，也无须拿票，完全敞开式，进进出出的人大多是这里工作的白领。里面有个用玻璃隔离的小展厅，抬头往上看，钢结构层层递进，图形呈中心对称，颇具美感。沿着明亮光洁的回字形走廊，一幅幅精挑细选的作品被射灯照得恰到好处。枫林晚书店的老郑有一回去参观，置身其中，只剩下惊叹与赞美，但心里也嘀咕，纯公益运行美术馆，不就是日复一日地"烧钱"么？

后来他听说了，负责人王兆春另外一个身份是汇港控股集团的董事长，眼光高，也有想法，美术馆一直坚持高标准，使得整座汇港大厦以及周边商务楼宇的租金有所提升。老郑心里佩服，"用租金为美术馆'输血'，倒是好脑筋。"

这几年，成为网红打卡地的"空间"一个接着一个出圈，既有公共文化艺术展览场所、美丽乡村文化空间、商圈文化空间，也有博物馆、美术馆、艺术馆等以展览为核心内容的文博艺术空间，还有承载了文化体验的民宿、餐厅、社区街道等跨界艺术空间……那些星罗棋布的空间不但加快推进了"15分钟品质文化生活圈"的建设,也牵动着一个城市灵魂深处的东西——历史情感、共同记忆、人文肌理、生活情趣。这些随着每个人对未来的共同梦想、愿景,以及人与人之间不可或缺的温暖与婉转,绵延到城市的每一个角落。

这是一座城的气质,也是每个人的优雅。

第五章

稳稳的幸福

共同富裕，不该有一个人掉队。
有人掉队，就一定会有人拉一把。
只是比起当年轰轰烈烈的"传奇"，如今更多的是润物无声又细致周全的救助和帮扶。

有些故事一直在讲,讲多了,就变成了日常。

在说到"爱心之城""慈善救助""三次分配"的时候,宁波人总是会心一笑,那些名字自然而然就到了嘴边——

比如"顺其自然",每年11月都会向宁波市慈善总会捐款的"神秘人"。连续20多个如约而至的秋天,她已经匿名捐了1500多万元。

每年都是通过邮局寄,一叠9999元的汇单,一个个不存在的地址:江东1号、中山西路8000号、蓝天路3000号……

最初谁都好奇,什么人这么有钱,这么有爱心,还这么低调?大家通过种种蛛丝马迹去寻找,在各种场合等她现身。后来科技不断进步,真要找一个人怎么可能找不到?只是人们默契地放弃了寻找,心有灵犀地呵护她"坏事不做,好事不说"的初衷。

这么多年过去,公众和媒体对"顺其自然"的慈善举动也顺其自然了。

越来越多的人像"顺其自然"一样,通过一个虚构的名字,不计名利、不求回报地献爱心。

"顺其自然"向很多需要帮助的人定向捐过款,其中最有名的一个,叫罗南英。

2005年的春天,青海海东市乐都区高店镇语文教师罗南英只有29岁。

被诊断出患有慢性粒细胞白血病后,她经人介绍来到宁波市第一医院治疗。她的病来得太急太凶,唯一的机会就是做骨髓移植手术,但治疗费用需要60万元。对于年收入不到2万元的小家庭来说,太多了,他们只能放弃。

保守治疗时她开始给3岁的儿子写信。如果她注定要缺席孩子的成长,那么至少给他留一些念想。后来她在《宁波晚报》上看到了"给孩子的一封信"征文,就把自己写的13封信寄了过去。《宁波晚报》以"让母爱穿越时空成为永恒"为题,刊登了其中4封信。

还没有微博、微信、抖音的年代,人们有很长的时间静下心一字一句地读报。随后,一场浩浩荡荡的拯救活动拉开序幕。

包括"顺其自然"在内,一周内就有2300多人为她捐款,集齐了手术所需的60万元。

那会儿,60万元可以在宁波市买一套百余平方米的房子。罗南英创下了当时宁波为个人捐款历史上的"效率"和"数额"两个之最。

罗南英由此变成了一个传奇,一种象征,甚至,一份念想。

谈论起这座"大爱之城""首善之城"时,她是很多宁波人脑海中最先跳出来的名字之一;在说到这座城包容、温暖、会善待每一个外来人员的时候,大家也会提到她;当一个贫病加交的患者和其心力交瘁的家属在向媒体、慈善机构求助的时候,当他们把无限希望寄托于陌生人的善意时,这个名字就自然而然到了嘴边:"宁波人这么有爱心,也许,也许就可以像罗南英一样呢?"

好心人一天筹齐医药费的新闻年年有,宁波人热心肠,怎么可能眼睁睁地看着病床上的人被贫穷耗干生命。既然知道了,就肯定会帮一把。

除了助医,他们更热衷的是助学。

当年"万人助学"的热潮席卷全城,起因只是一个在贵州插过队的北仑公务员张义恩回到当年留下青春回忆的地方,被当地的状况所触动,便和村里的 14 名学生结了对。回宁波时,他带回了当地 72 名失学儿童的个人和家庭资料,让同事们结对。

之后,宁波和贵州学生结对助学的活动举行了一场又一场,也从最初的几十个人,发展为千人、万人。

2006 年 8 月 19 日,宁波的 11 个广场上,万名贵州学生被宁波市民"抢助一空";2007 年 6 月 1 日,130.8 万册图书和 100 万件文具被送到了贵州;2009 年上半年,宁波市民的 320 万元爱心款让 1.5 万名苗乡侗寨孩子吃上了热腾腾的午餐……

那些故事讲也讲不完,"顺其自然"之后,出现了很多匿名捐款的名字。罗南英之后,有了坚强自立的"面人小丽",无私捐肝的林萍……万人助学之后,有了造桥女孩、支教奶奶、助学奶奶……

无数双手的接力,让偶发事件有了后续,让点滴温暖得以绵延,让无名英雄闪闪发光,也让越来越多的人相信,在这座"爱心之城",绝处总有挣扎出生天的机会,弱者总是可以被很好地照顾,齐心协力的善良总会把人拉出命运的泥沼,只要乐观向前,转角处总有柳暗花明的另一片天……

但救助困难群体,不能完全依靠那些绝处逢生、柳暗花明的故事;一个人、一个家庭要走出困境,靠的也不是路遇贵人一夜脱困的传奇。要让每个人拥有稳稳的幸福,我们需要健全二次分配,提升民生福祉,也需要推动三次分配,发展慈善事业;需要制度的创新,有力的举措,也需要暖心的服务,共情的温度。

◎ 从传奇到日常

共同富裕,不该有一个人掉队。

有人掉队,就一定会有人拉一把。

只是比起当年轰轰烈烈的"传奇",如今更多的是润物无声又细致周全的救助和帮扶。

因为当不幸或意外将少数人拍到命运谷底的时候,一张越来越严实、细密的民生保障网在为各种困境兜底。

宁波的这张网特别给力。

助弱扶困,她是全省最慷慨的,很多数字都是"全省第一"。

2023年4月,宁波最低生活保障月标准调整为1255元,特困人员、机构孤儿、散居孤儿基本生活保障月标准分别达2134元、3195元、2556元,不但各项标准当时均位居全省第一,而且调标提前了三个月,让困难群众提前三个月享受更高的生活标准。

2021年,宁波在册困难群众人均实际救助金约为9784元,位居全省第一。

2021年,宁波对城乡困难群众实施临时救助31010人次,支出救助资金6931.89万元,两个数字均位居全省第一。

此外,宁波还在全省首先实现了所有救助标准同城同标。总之,不管你身处宁波的哪一个角落,不管遇到了多大的困难,基本生活是有保障的。

宁波的这张网还特别贴心。

生了重病的人会被很好地照顾,按惯例低保救助是按户审批的。有的家庭从整个家庭收入财产情况来看,够不上低保准入条件。但一个人生了大病很容易把一家人都拖入困境,为此宁波对家庭中重病、重残个体以"单人户"重新定义。把他们纳入低保,以缓解因病致贫的困境。

宁波还贴心地考虑到了物价的波动,在困难群众临时价格补贴方面进行创新,居民消费价格指数(CPI)中的食品价格涨幅超过3%即启动补贴。2022年价格补贴发放总额位居全省第一,全国领先。

脱贫不是一蹴而就的事,也不该用一个生硬的数字来机械划分。那些刚刚超过标准的低保户、低保边缘户如果立即停发低保金,对生活的影响会很大。于是宁波在全省率先推出低保低边渐退期政策,将收入超过标准但未超过三倍标准的低保户、低保边缘户划定为渐退对象,给予他们一年的渐退期,让他们轻装上阵去迎接新生活。如今,这项可复制可推广的经验做法,已在全省推行。

随着数字化改革的推进,这张网也变得越来越聪明。

精准高效的新时代"1+8+X"大救助体系正在徐徐延伸。"1"即省社会救助信息平台,也就是"浙里办"的"浙里救"平台,有困难就在上面发起申请。这个省里统一建设的平台,有宁波多年探索、不断改进的功劳。

"8"即低保、特困、受灾、医疗、教育、住房、就业、临时救助等基本救助,发起申请的困难群众可以根据具体情况得到各领域各部门的优质服务,实现"一次申请、联合办理",比如学费的减免,公租房的优先等。同时变"人找政策"为"政策找人",汇集各类救助帮扶数据,自动生成救助结果"幸福清单"。

"X"即多元社会力量参与,其中有各慈善机构的善款,也有各社会组织提供的服务。总的来说,就是有钱出钱,有力出力。

这几年,随着社会保障和社会福利的完善,因病求助的人数和金额要远远少于以前。

全面小康实现后,大规模的"万人助学"逐渐成为历史,针对贫困大学生的公益助学项目"彩虹助学"的助学学生数量也在逐年减少。与此同时,宁波的慈善捐赠依然一年高过一年。2021年,全市慈善组织、红会系统共筹集善款和物资28.71亿元,同比增长62.2%,创历史新高。

只是如今的救助,已经远远不是"给钱"那么简单。

除了经济保障,还有"物质+服务"的精准帮扶,有专业、高效的社会组织和志愿者为困境中的人引路……

举全城之力救一个人、做一件事的"传奇"渐渐少了,但真正的进步,本来就不是重复更多的传奇,而是让更专业、更精准、受益面更广的救助变成日常。

◎ 两个白血病姑娘的故事

救助困难群众,我们还是从最普遍的助医开始说吧。

作为"爱心之城"的典型,罗南英几乎家喻户晓。

市慈善总会副会长陈海英清晰地记得当年的许多细节,那是她职业生涯里打下深刻烙印的一件事,让她第一次见识到慈善力量的高效与强大。

十多年以后,一个叫娜娜的姑娘得了同样的病,同样需要做骨髓移植手术,向市慈善总会求助。她比当年的罗南英小几岁,处境更艰难。罗南英至少有完整的家,有全心全意爱她的家人,有愿意为她捐骨髓的姐姐,而娜娜身边只有一个男朋友。

但娜娜又很幸运,罗南英在手术后一年因感染去世,而娜娜顽强地经受住了术后的种种考验。

生命没有可比性,只是陪着这个坚强的姑娘咬紧牙关终于挨过艰难时刻,看着她一天比一天健康,陈海英和同事们很难不想起当年的罗南英——

当年罗南英进入公众视野是因为给儿子的生死遗言。那些信的复印件陈海英还留着,13封信,对应13个不同的生日。

妈妈知道,亲人们会给你过10岁的生日,也许还有温馨的烛光和诱人的香喷喷的大蛋糕……可妈妈要对你说,先对每一位在场的人表示真诚的感谢——感谢他们的抚养,感谢他们的关怀,感谢他们对你无私的爱!

说的时候,也代表妈妈,好吗?

妈妈得白血病时,你才3岁。妈妈尽管可以做手术,但毕竟凶多吉少,风险大又需要巨额费用,这是足以让几家人倾家荡产的。所以,我选择了放弃。

希望多年之后,鹏儿能理解这其中的苦衷!要怨,只能怨噩梦来得如此突然!将妈妈对你的许多企盼和心愿击得支离破碎,许多要告诉你的话在匆促之间变得杂乱无章,可是妈妈决意要将真实的爱留给你,请你理解并坚强地面对生活!

孩子,但愿爱能跨越时空的界限,把妈妈的殷殷关怀传递到你的身边……

妈妈所住的病房刚好可以看到一段街道。在无法入睡的深夜,妈妈就会趴在窗台上眺望街景。暗淡的夜色中,它不再车水马龙,只有间或闪过的车辆和行色匆匆的夜归人。

他们或许是在赶往相聚的路上,或许正跨上回家的归途。人生就是这样不断地重复相见和别离,现在的你和妈妈有同感吗?

孩子,活着就是幸福的!天边已出现亮色,夜色即将结束,妈妈在与你的喁喁叙谈中又度过了一夜。

年年岁岁,花开花落,世间万象纷繁变迁,唯一不会改变的,是真诚的爱!

……

近二十年后,这位语文老师在病床上留给孩子的绝笔家书,还是会让人眼眶一热。

除了文笔好,更打动人的是最真实的母爱吧。罗南英写信的时候,《宁波晚报》的征文活动还没有开始。她没有想过这些信有一天会发表,字字句句,都是对儿子的叮咛嘱咐,是减不断理还乱的万般牵挂,也是所有的舍不得和放不下。

一遍遍爱的表白里,或许还有一丝她自己都没觉察到的纠结矛盾:既担心他承受过多的丧母之痛,又怕他完全忘了自己这个妈妈⋯⋯

那份真实,触动了人心里最柔软的一角。

十四年后的2019年,娜娜得到关注是因为她手术前在病房里举行的一场婚礼。

这是一场众筹的婚礼:宁波一家婚嫁馆老板为娜娜特制了漂亮婚纱,并提供全程化妆支持;一家摄影机构派出最强的专业摄影团队进行跟踪拍摄;娜娜因为化疗掉了很多头发,还有爱心人士提供了漂亮的假发,医护人员将病房布置得浪漫温馨。

"娜娜,嫁给我吧,不管发生什么事,我会永远对你好的!"2019年4月25日上午9时,一身礼服的男友小叶打开病房门,从身后掏出了鲜花和戒指,单膝跪地,向女友求婚。

病魔击不碎的爱情,打动了许多人。

隔了多年以后再看,罗南英的投稿,更多是一种偶然。而娜娜的婚礼,是市慈善总会"甬泉"大病医疗救助项目和她的男友一起努力的结果。"甬泉"是专门为困境患者提供各种帮助的慈善社工项目,救助娜娜的过程,一波三折——

◎ 娜娜的救赎

2019年3月,娜娜第一次向市慈善总会求助的时候,是"甬泉"大病医疗救助项目社工苏明接的电话。

娜娜说家里是真没人管她了,实在没有办法,医院说可以打电话到这里来问问。

一个23岁的姑娘,怎么会没人管呢?

电话那头顿了顿,声音开始哽咽。"想管我的人,我不想让他管。"

"那你的爸爸妈妈呢?"

"就当他们都不在了就好!"

问不下去了,苏明说:"我们过来看看你吧,一起想办法。"

苏明去病房了解情况,碰到了姑娘的男朋友小叶。两个人好像拌嘴了,娜娜扭过头对着墙生气,小叶坐在一边,手里捧着女友的外套,拈着上面的线头,半天憋出一句,"我不是这个意思。"

苏明笑嘻嘻地进去自我介绍,询问姑娘病情。她看得出来,小伙子对女友很上心,很多细节问题都对答如流。苏明便夸小叶,"这么细心周到的男朋友可不多。"

女孩笑了:"他一直是这样的,以前我加班他都来接我的。有一次外面下了很大的雪,我叫他不要来了,他说好的,没想到下班出来我就看到他已经等在门口,身上、头上全是雪,手里还拿着保温杯,里面是为我做的夜宵,我当时眼泪就出来了。"

看女友情绪好转,小叶便趁机"告了一状":"我也是关心则乱,刚才就问了下,如果手术,我可不可以签字,她就生气了。"

"直系亲属才能签字,轮不到你负责,所以不用担心。"姑娘敏感,脸又拉了下来。

苏明本来想打个圆场,说一般都是父母签字的,但一想到电话里提到父母时娜娜的反应,便把这句话咽了下去。

气氛有点冷下来。苏明借故告辞,小叶送她出去。趁姑娘不在,苏明开诚布公地和他谈:"娜娜的病情,你肯定比我更清楚。我们会评估出一个具体的救助金额,会尽力帮她。但治疗不仅仅是钱的事,还有后续的照顾、康复等很多问题。所以我也想知道你到底是怎么想的,毕竟你们还没有结婚,往后路还长着,这种时候你做任何决定,都是可以理解的……"

小叶的态度倒是很坚决:"苏老师,我知道你的意思,那我也交个底,不管有没有人帮她,帮到什么程度,我肯定是会负责到底的。"

苏明赞许地点点头,试探性地问:"那她的父母真的一点都靠不上?"

小叶迟疑了一下,突然眼睛就红了:"苏老师,她一直不让我和家人联系,但我觉得还是应该告诉你,你去做做工作,不是要他们出钱,但现在可能只有他们能救她。"

他说得很简单,三言两语,概括了一段辛酸往事。

娜娜是个可怜的姑娘,爸爸走得早,妈妈改嫁,有了弟弟。后来妈妈患上了精神病,需要长期住院,继父也无暇照顾她。她一个人走出家门,靠勤工俭学完成学业,找到工作。

两人是初中同学,娜娜考上了大学,而小叶没有,只是碰巧来宁波打工。2016年他们才知道对方在同一个城市,于是常出来见面,一起吃饭、看电影,慢慢感情升温,成了恋人,但这段感情遭到了娜娜家人的反对,她才和家人闹僵了。

小叶说:"我知道自己条件不好,配不上她,学历不高,家境更一般。有时候我想,她和我在一起也许只是因为从小孤单,太想有一个自己的家,如果没有我,以后她一定会遇到更好的。所以那时我想过放弃,但娜娜为了我不惜和她的家人翻脸,她说不管怎么样都要和我在一起,以后不管遇到什么事都不用他们操心。谁想到那次吵完架后没多久她就病了,她不让我和她家人联系,又说不想拖累我,要和我分手……我知道那是赌气话,她怕我不要她。我怎么可能不要她呢?我们在一起三年了,说好了今年结婚的。我现在也是这样想的,从来没有变过。"

苏明点点头,有些感动。小叶继续说下去。

"我照顾她、想办法筹钱都没问题,但现在更要紧的是,医生说这毛病只有骨髓移植才可能治好,亲人间配对成功的概率更高。我刚才说签字不签字的事,也只是想劝她联系一下亲人,完全不是要逃避责任不想签字。但是我嘴笨,不知道怎么让她开心。所以苏老师,我拜托你,去做做她的工作,再做做她家人的工作,只求能找到合适的骨髓。"

这一番话,让苏明百感交集,她一口答应下来。

娜娜这边的工作不难做,虽然她嘴上说着"我从小就是被抛弃的,他们不会管我的",但苏明很快就看出来,这个倔强的姑娘内心是很渴望亲情的。苏明说:"也许你可以换个角度想,他们当初反对这门婚事是觉得你之前吃的苦就够多的了,想让你有个更好的归宿,以后少吃些苦头。"

"才不是,我就是多余的。"娜娜嘴还硬着,但表情无法掩饰。她努力睁大眼睛抬起头,但是没有用,眼泪还是不争气地掉下来。

苏明又去做她家人的工作,只是找骨髓不是一件容易的事,娜娜母亲一直在医院,弟弟又太小,继父和她没有血缘关系,他们也没有办法照顾娜娜。但她也不是毫无收获。

苏明打听到,娜娜生父虽然已去世多年,但她还有一位叔叔。苏明几经辗转找上门后,他还以为苏明是骗子。经过多番沟通,他终于被打动:"你们素不相识还这么帮她,我作为亲属怎么能坐视不理?毕竟她是我哥哥的骨肉。"

很幸运,他们的骨髓配对成功了。

苏明还为娜娜争取了一些补助,但手术及后续费用还差了一截。除了钱,更重要的是,手术后她最好有最亲的人照顾。

苏明和同事们商量后,又一次问小叶:"如果让你娶娜娜,你愿意吗?"

"我愿意啊。"

"我不愿意!"娜娜大声反对,"你愿意,你妈妈和其他家人会愿意吗?"她又转过头来问苏明,"苏老师,你设身处地想一下,如果您的儿子将来要娶一个我这样的女孩,你会心甘情愿地支持他吗?"

苏明一时语塞。

"你也不会愿意的,"娜娜哭了,"正常人家娶儿媳妇,可以不漂亮,可以没钱、没文化,但是不能有病,尤其不能有我这样的病!"

苏明也不知道说什么好,扪心自问,娜娜说得没错,但看来看去,只有小叶可以照顾她。

苏明也没有想到,这个僵局是被小叶的妈妈打破的。这位准婆婆说,如果她不认识娜娜,自然会反对的,但她们已经认识两三年了,娜娜那么懂事,那么能干,那么贴心,还那么可怜,她早已把她当成自己女儿。"哪有妈妈不要女儿的呢?凡事求个心安,这个时候逼儿子放弃她,我这辈子都会不安的。"

因为婆婆的表态,娜娜终于泪流满面地说出了:"我愿意!"

这场婚礼,经媒体报道后,筹款金额累计14万元,全部用于娜娜的治疗,款项由市慈善总会转给医院,保证专款专用。娜娜的骨髓移植手术非常顺利,出院后她住进了婆家。苏明不时随访,除了关切病情,也不时沟通家庭经营之道:"婚姻就是柴米油盐的琐碎里慢慢磨。记得抓大放小,别太计较,也别太敏感,开开心心地过。靠同情,感情是不能长久的,只有两个人都开心,才能走得远。"

娜娜笑眯眯地答应,"我知道,该低头就低头,该睁一只眼闭一只眼的时候决不抓着不放。做人嘛,最重要的是开心。"

◎ 新的困惑

三年过去了,娜娜的病情控制得很好,她还加入了苏明的团队,成为一名志愿者。

她的治疗费用,一部分来自婚礼后热心市民的善款,还有"甬泉"项目根据她的条件陆陆续续申请的一些基金和补助。她没有突然间拿到很多钱,但是细水长流的救助,让她闯过了一道又一道关。

在这个过程中,她渐渐对看病、报销、申请救助等流程了然于胸,所以在苏明的指点下,帮助起和自己有相似经历的人来轻车熟路,思路清晰:"您有医保吗?是什么医保?如果没有的话我们想别的办法,看是不是可以申请灵活就业。就算不行,我们回您的老家再打听一下,一定有办法的!"

看着她对一切了解于胸的样子,陈海英脑海中浮现的,是十多年前的另一个场景——

那时她还是市慈善总会的一名基层工作人员,常去医院看望被救助者。罗南英就是其中一个,对于命运她很少表露出委屈或者不甘,倒是陪在旁边的丈夫胡志军多次提到一件事:五年前,妻子曾有一个机会来宁波当老师,但她不想和在西宁工作的胡志军分居两地,所以放弃了。到了宁波以后他们才发现,这里老师的医保待遇要比青海好得多。

"她当时总说自己没有什么大志向,就想好好教书,在哪里教不是教。现在想想,真是后悔死了。我们那里的医保实在太少,和生病相比,分居算什么?"胡志军说,哪怕用一辈子聚少离多的相思之苦来换一个搏一搏的机会,也是值得的。

但陈海英心里很清楚,即使有正常医保,白血病后续自费药的比例也非常高,不是普通人家可以负担得起的。只是这个理由无法安慰一个内疚的丈夫,只会加重他的绝望。作为慈善机构的一线工作人员,陈海英来医院次数多,什么样的困境都见过。不管是本地人还是外地人,摊上这么个病,就算有金山银山,也架不住日日夜夜地漏。对于低收入家庭来说,有医保还能扛上一段时日,没有医保的,医患间有个心照不宣的词叫"回家维持",至于靠营养品与止痛剂能把生命"维持"到哪一天,就看各自的造化。

所以她一直很关注宁波的医保政策。

2007年,宁波开始全民医保工程。次年,宁波全面实施了城镇居民基本医疗保险,还独创了外来务工人员"社保套餐",开始只有需要住院的大病才能用,五年后可以享受门诊医保待遇。

2011年,参保群体真正实现制度全覆盖,宁波进入了全民医保时代。

从那个时候起,每次遇到因病求助的困难群体,陈海英和同事们就会仔细地问一问他们的医保情况。

而这两年,他们问得更多的是有没有买过"天一甬宁保"。

毕竟很多大病光靠医保是远远不够的,所以2021年"天一甬宁保"上线,每年投保100元,若真的生了大病,一些自费药也可以报,最高可达100万元。

苏明和娜娜也常去社区推广:"如果用到,可以减轻医疗负担;用不到当然更好,就当作做慈善,帮助了其他生病的人。"

"好是蛮好,但我们没有落户,今天这里打个工,明天那里打个工,没有在这里交医保,也买不了啊。"

确实,作为宁波构建多层次医疗保障体系的重要组成部分,"天一甬宁保"针对的是在本地交了医保的市民。但其实这种政府指导的惠民型商业补充医疗保险已经推广到了全国各地,连罗南英的故乡,也有了"青海惠民保"。

只是很多离开家乡多年的务工人员并不知道。

出来了就是出来了,家乡的政策变化,没病没灾的时候也不大去关注。

等生了病的时候两眼一黑,回去找谁都不知道。最无助的那群人,通常在不同的城市漂泊,打着各种各样的零工,哪儿工资高去哪儿,没有固定的社保。当一张逐渐完善的社会保障和社会福利体系的网兜住户籍人口的时候,他们就像无根的浮萍,回不去家乡,也融不进异乡。

生了重病后,他们完全不知道哪些政策、哪些部门可以帮助自己,怀着一线希望向媒体、慈善机构求助是他们唯一可以想到的办法。

一线希望往往是世界上最强烈的希望,让人不甘放弃,不忍拒绝。

他们可能也是离不开孩子的母亲,是上有老下有小的顶梁柱,是家人无论如何也不舍得放弃的骨肉至亲。但不是每个人都有罗南英那样的文笔,娜娜那样的运气,也不是每个人都可以讲出千回百转打动人心的故事,都能成为新闻焦点……

"可是总不能天天发生病求助的新闻吧?"成为省政协委员以后,陈海英也和记者们还有很多专业人士探讨过这个问题,"如果天天发,那还叫新闻吗?"

"我知道,媒体关注'新闻点',但一个人该不该被救助,该得到多大的救助,仅仅由'新闻点'来决定,公平吗?"

那些没有"新闻点"的求助者,该怎么帮呢?如果没有定向捐款,那该帮到什么份上才算合情合理呢?

还有那些默默无闻的,甚至都不知道如何求助的患者,要不要去救助呢?

各个慈善机构都有针对助医的善款,但具体要怎么分配才算公平、科学、高效?

大家都愿意献爱心,但那些零散的、偶发的爱心,该如何解决更普遍、更重大的问题?

◎ 让更专业的人来帮助困难患者

把需求和爱心精准对接不是一件容易的事。专业的公益人会"先谋而后动",但在这之前,已经有人蠢蠢欲动。

"你根本就不会想到,肿瘤病房里的穷人也是一种资源,居然有人为了争夺他们打了起来。"李惠利医院社工部主任陈鸣敏反映过一件事。

其实对于这件事,陈海英已有耳闻。近几年,一些互联网众筹平台涌现,也确实解决了部分困难患者家庭的医疗费用问题。只是因为相关法律规范尚处于空白,权利义务、责任承担均无明确规定,问题不少。

"我本来也觉得,能为患者筹到钱就是好事,所以也就睁一只眼闭一只眼,本来人家也困难嘛。但是现在太乱了啊,募捐金额都是随意填的,对于财产根本不会审核。平台还主动教病人,填写时怎么'卖惨'效果最好,可以筹到最多的钱。这就算了,筹来的钱,他们要扣去大半,最过分的是,两个平台的地推为了争夺'客源',直接在病房大打出手。"

这个陈海英倒是了解过,一些大病众筹平台基层地推的薪资构成都是底薪加提成模式。"每一单都有提成,当然要争了。"

更有甚者,从头到尾就是一场诈骗,让患者付了保证金,然后就消失了,或者募集到善款后迟迟不落实。

医院没有精力去甄别,陈鸣敏想过把他们赶走,但患者泪眼汪汪地看着她:"除了他们,还有谁愿意帮我们?"

她什么也说不出来了。

她理解这种心情,溺水的人挣扎着想抓住点什么是本能,但谁都不该以救人的姿势伸出手,再将他按到水底搜刮所有,世间不该有这样残忍阴险的人心。

陈海英理解陈鸣敏的担忧,经是好经,但如果和尚念歪了,损害的是真正需要帮助的人的利益。

公益事业的公信力下降,就像一条路上铺满了减速带,颠来颠去,消耗着公众的耐心和毅力。

他们也一直在探索更科学的公益——有没有一种可能,由医院来发现潜在的需求者,由专业人士来评估相对准确的医药费需求,由专业社工介入,重新构建社会支持系统,鼓励和指导他们走出困境?

"这个我们可以试着做啊!"陈鸣敏说,"我们是更专业的人。"

2015年,李惠利医院东部院区刚成立时,就设了社会工作处,陈鸣敏转岗成为医务社工。

这是一个新职业,医务社会工作者不是医生护士,却时常随同医护人员查房;不是志愿者,却时常协助进行医患沟通。他们主要为患者解决因疾病导致的社会心理问题,给住院病人提供生活和心理方面的照顾。帮助贫困患者也是他们的工作之一。

"那自然最好,要不把滨滨也叫来?"

"好呀,现在几家大医院的医务社工培训,都是他们在做的。"

"90后"吴滨滨在宁波医卫圈很有名。2012年,她还在宁波职业技术学院临床护理专业读大一时,就开始跟着学姐学长参与助老服务,常去陪护那些无人照顾的老人。

在病房待久了,没人比他们理解久病床前无孝子的意义,病痛的折磨让老人变得暴躁、消沉、喜怒无常,最坏的脾气往往给了最亲的人。唯独看到他们,看到那些陌生但自愿来陪自己的孩子,老人眼里会发出慈爱的光。

有时候老人会咳嗽,上气不接下气,吴滨滨很自然地去为他们接痰。这个举动对医护专业的人来说是专业素养,而对老人来说,却是莫大的感动。

那时吴滨滨就发现医患间的沟通是个大问题,许多大医院里的医生们在一大堆家属和患者的包围圈里忙得不可开交,有限的护士和导医负责维护秩序,在一堆嘈杂中发出尖锐的声音叫号,同时应付各种咨询。

她当然理解,这种模式是为了让医生在有限的时间内多看几个患者。只是,整个过程牺牲了很多东西,比如细致、体贴、隐私、关爱。从服务的角度来说,患者体验真的不好。

那一年吴滨滨团队注册成立了当时全市首家直接登记的民办非事业组织——宁波市鄞州区健康服务指导中心。志愿者很多是她的师姐师兄,主要工作是在医患之间搭一座桥,让患者知道更多的健康知识,让医护人员了解更多的沟通技巧。

毕业后,团队升级为宁波市健康家园公益服务中心,2018年3月又牵头成立了宁波市大健康公益组织联盟,覆盖全市医疗机构50余家,定期定时为全市的健康专业志愿者和社工开展培训,在全市范围内实践"社工+志愿者"模式,形成专业医务社会工作服务网络,确保服务资源得到优化配置。

市慈善总会联合宁波市健康家园公益服务中心和各大医院的社工部打造"甬泉"项目,主要整合医疗资源和社会资源,帮助更多困难患者走出困境。

◎ 医务社工的价值

"甬泉"项目成立后,像陈鸣敏这样的医务社工就成为很多困难患者的第一发现者,也是整个救助过程中的直接联系者。

医院会定期组织一些针对住院癌症患者的小组会议,鼓励他们在医护人员的指导下多沟通,交流经验,增加信心。在一次乳腺癌患者的小组会议上,陈鸣敏认识了阿蔡。阿蔡其实很困难,为了看病把亲戚朋友都借了一遍,但那时陈鸣敏并不知道。因为阿蔡从来不向外人求助,她很内向,小组会议很热闹,只有她一句话不说。

她是被主治医生硬拉来的,医生私下里告诉陈鸣敏:"切除乳房是最安全的选择,但她油盐不进。在术前知情同意书上写下'坚决要求保乳',手术没法做了。"

在一个男医生眼里,这很不理智,因为比起胃、肺、肝,乳房是对生活影响最小的一个器官。生死关头,没人坚决要求保胃、保肺,却有人宁死都不愿失去乳房。

这个最简单的道理大家都懂:乳房再重要,也只是一个局部,一个和"整体"相比可以被忽略不计的局部,因小失大不划算。

阿蔡也懂,但她不接受:"失去那个'局部',整体还算整体吗?"

其实作为女人,陈鸣敏理解乳房对女人来说意味着什么。她也碰到过很多骄傲且美丽的患者,对她们来说,乳腺癌这种全球女性最常见的癌症曾像草原上的荒火,所到之处,美貌凋零,温柔枯萎,自信瓦解,爱情破碎,成绩无光,欢乐失色……

陈鸣敏的经验是,让丈夫劝。这个时候老公的态度很重要。

她教阿蔡的老公说土味情话:"都40出头了,谁还在意胸前几两肉?我只在乎我有老婆,儿子有妈,只要你还会聊天,我就知道心放在哪里!"

最终让她妥协的,不是对死亡的恐惧,而是对亲人的不舍。

但失去乳房仅仅是一个开始。身体的缺陷,加上药物副作用,让阿蔡不愿意与丈夫亲密。偶尔一次,身体也因为担心与自卑变得很僵硬。时间久了,丈夫不再勉强。微妙的气氛里,阿蔡的情绪像台风里的小船,没着没落地起伏打转,而丈夫的态度就是席卷一切的风。一个陌生的来电,一次语焉不详的晚归,一句类似敷衍的"嗯"都会激起她心底的惊涛骇浪。她不是一触即发,就是含沙射影,争吵往往以男人一声不吭地离开而告终,门"砰"的一声被关上,世界陷入让人绝望的寂静。

病痛和猜疑像两把交叉的刀,一点点剔除生活的温存和热情。阿蔡一度觉得,自尊自信随着乳房一起,被扔进了垃圾筒。

乳腺癌是最考验夫妻感情的病,陈鸣敏见多了。一开始就不愿治的、急着离婚的极品老公是少数,多数家属会陪妻子挨过至暗时刻,只是后面考验太多太漫长,导火索无处不在,因为钱,因为副作用,因为心理的变化,原来的信任和默契像握在手中的流沙一样,越在意,流失得越快。

陈鸣敏又去找他的老公谈,人家也一肚子苦水。"我知道她生了病不好受,可是我也没有心思和精力一天到晚去哄啊。你也要体谅体谅我,她生了那个毛病,我就像换了个老婆,一天到晚没事找事发脾气……"

陈鸣敏和他解释,放疗、化疗和内分泌治疗会引起掉头发,以及一系列胃肠道反应、骨髓反应,最重要的是抑制卵巢功能。如果说没了乳房和秀发仅仅是不好看,而卵巢功能改变的是一个女人的内核:子宫内膜增厚,不来例假,急躁、易怒、忧郁、健忘、疑神疑鬼、歇斯底里……

当然,作为医护人员,陈鸣敏也表达了自己对家属的理解和体惊:"患者可以眼睛一闭床上一躺,理直气壮地发泄哭闹,家属却要一边拼命赚钱,一边四处求人,明明已经难受得要撞墙,却还得强颜欢笑面对一个更难受的家人。"

男人一脸憔悴,"你真是说到我心里了,陈主任,我是真的没钱了啊!这个毛病就是烧钞票,我实在没有办法,只能拼命赚钱,实在没有心思和精力一天到晚去哄她。"

陈鸣敏一打听,才知道这对夫妻好多年前就出门打工,和老家断了联系,那里已经断了社保,而在这里也没有很稳定的工作,所以也没有医保,也没有买过任何商业保险。

"其实,你倒可以试试,你们的医保不是在老家吗?和老家的社保局联系,然后再争取一些其他的补助。"

男人眼里闪过一丝光亮："怎么弄,我想办法去办!"

陈鸣敏一想,摇头："不,你让阿蔡自己去办。"

男人不放心,"她一个病人,脾气又那么急,怎么行!"

"她现在病情稳定了,可以去做这些事,你得让她做一些事!"

但申请不是一件简单的事,陈鸣敏把阿蔡叫到苏明那里,让苏明当着她的面开始联系。每个地方的政策不一样,苏明只能用最笨的办法去了解。她花了一个多小时,终于把流程都问清楚了。她一条条写下来,要打什么证明,到哪里去办,然后递给阿蔡;"这是目前所有可能的救助渠道,但手续你要自己去跑。不要怕烦,也不要急,耐心一点,慢慢地办,一定能办好。"

阿蔡有点迟疑,陈鸣敏激她,"你不是老觉得老公态度不好嫌你没用嘛,咱就办成一件事,让他瞧瞧。你只管去,我在这里给你坐镇,有问题随时联系。"

阿蔡受到鼓励,点点头。

她去了一个月,除了办发社保,还拿回了3万元补助,这下高兴坏了:"抵得上我老公干半年的。"

"是啊,老婆太能干了。"在陈鸣敏的建议下,老公努力地夸她,她的眼里再次有了神采。

当然,她还是很介意自己的"不完整"。陈鸣敏说,"这有什么,淘宝有'义乳'卖的,我帮你看看。"她打开淘宝帮忙找,还特意强调了几百的月销量。"你看需求量挺大的,这么多人都买。"阿蔡果然笑了,"看到这么多人和我一样,好像是一种安慰。我知道这样想不对,可想到上天不是惩罚我一个人,想到那么多人和我同病相怜一起并肩作战,心里会平衡一点。"

下一次小组会议,大家聊起义乳。女人都爱漂亮,但不是每个人都舍得花钱买漂亮,于是便各显神通,自己动手做。

有个李阿姨给阿蔡传授经验:胸小的可以塞棉花布头,胸大就不行,太轻，容易偏；小米分量也不够，黄豆就太重了，大米会发霉，绿豆还凑合，就是汗水进去会发芽。

另一个王阿姨笑道："我还试过茶叶，有保健效果，就是扎得受不了。还是绿豆好，炒熟就不会发芽了，还香喷喷的……"

她们眯起眼睛哈哈大笑，这些奇妙发明也让阿蔡忍俊不禁。

王阿姨扭头对她说："挺起胸来！你比我们都强。记住了，女人不是因为乳房才美，我们女人本来就美。"

两位阿姨是老病友，几次复发都扛过来了。贫穷和病痛都不能阻止一个女人追求美，也不能阻止一个饱经沧桑却又充满天真的老人在阳光下开心地笑。阿蔡咧着嘴鼻子一酸，心却敞亮了不少。

◎ 助学，不仅仅是解决学校和学费

"甬泉"项目被评为第七届"浙江省慈善奖"，但提供类似医疗救助服务的项目不止有"甬泉"。苏明他们经常沟通联系的还有海曙区的"焕然医新"医疗救助家庭社会工作服务项目。

为了这个项目，海曙区医保局专门成立了项目组，通过购买专业机构服务的方式，为医疗救助家庭提供政府救助之外的资源链接叠加、情感支持、能力增强、社区融合等专业服务，协助政府解决差异性、多样性社会救助问题。

除了助医，这些年助学的方式也在逐渐改变，出现了越来越多政府或慈善基金购买的专业项目。比如海曙区民政局购买服务的"童"舟共济困境儿童成长项目。

负责对接和跟踪该项目的是海曙区民政局救助处的工作人员韩艺，她一直在关注各种助学的项目。

她参与过当年的"万人助学",一群宁波市民"抢"一个贵州学子的盛况依然历历在目。很多孩子在宁波人的帮助下上了大学,成了材,但也有一些,渐渐失去了联系。

她也一直关注著名的"奶奶天团",一群"毛衣奶奶"年年给山里的孩子织毛衣;"支教奶奶"周秀芳在古稀之年远赴贵州、湖南支教,并经多方协调,捐建了27所希望小学;"助学奶奶"顾雅芬带着家人、同事一起和贵州学子结对。但不是有了学校和学费,孩子就能好好上学。

2021年,顾奶奶结对的孩子阳阳辍学,奶奶知道后急坏了,马上拜托学校的老师上门劝说,但没有说服阳阳。她还让孙女给阳阳写信,说不管经济上遇到什么困难,他们都会尽全力帮忙,但信寄出去好些日子,一直没有回音;顾奶奶等不及了,又联系了贵州当地的媒体记者,联合宁波的媒体,一起关注这个贵州男孩的辍学问题。终于,在许多爱心人士的帮助下,阳阳又回到了学校。

为了找回阳阳,顾奶奶前前后后奔走张罗了一个多月,几乎动用了所有她可以联系到的资源。

但不是每一个辍学的孩子,都能得到这么多的关心。

这些年,韩艺遇到过很多困境儿童,这些孩子的问题并不是上不起学,而是在缺失家庭教育的情况下,孩子根本不愿意上学。在经济观念、金钱意识的冲击下,很多人觉得上大学并不能够保证将来就一定有出息。一些家长也只是把学校当作临时托管所,孩子在学校待着,不到社会上惹事就行,反正大一点,就出去打工了。只是怎么打工、能打什么样的工,他们很少考虑。如果整个社会都弥漫着一种失望与厌学的情绪,它自然也会影响生活在其中的每一个人。

所以公益助学不是给钱就完事了,还必须关注学生们精神领域的成长。

这些年,从"一个都不能少"完成义务教育,到开展全覆盖式的大学困难新生人人受助工程,捐助面越来越大,捐助资金也越来越多。但怎样助学才能使效果更好,同样需要大家思考。

是不是解决了学杂费问题之后,所有的问题就都解决了?部分中小学生中出现的厌学情绪,要靠什么来解决?

一个社会的文明程度,取决于人们对弱者的态度。但如果人们对弱者的态度,只是停留在金钱的资助,那样的帮助不但有限,甚至可能让受助者生出不劳而获的想法。

如果能让受助者自我觉醒发展潜能,将更有助于建立天助自助的社会氛围,那就是更有价值的帮助。

负责落实"童"舟共济困境儿童成长项目的是宁静港湾婚姻家庭服务中心。这两年,韩艺跟着负责人罗红媛接触了很多困境儿童。每一次沟通,事后他们都会整理出好几页笔记。这样的介入未必能看到什么立竿见影的效果,但日积月累的陪伴,会带来一些潜移默化的影响。

◎ 帮助一个重度厌学的孩子

这个项目中,韩艺和罗红媛,还有心理咨询师林新梅最早接触的困境儿童叫优优。优优不爱读书,不仅不爱,甚至厌学到了极点。她的妈妈阿腾觉得自己快要崩溃了。

阿腾是个单亲妈妈,说话语速极快,而且一开口就停不下来。

她第一次就说了两个多小时,一直在"控诉"——

优优从三四年级开始就不完成作业。老师说家长要重视,阿腾就坐在旁边陪着写,孩子不让,她说她就看着,啥也不说,她忍了半个小时,看优优只写了 18 个字,实在忍不下去了。

她文化程度不高,想着和孩子一起学。优优背单词,她也跟着念,"西瓜,watermelon。"她完全没学过英语的人都已经记住了,孩子却还是不会。

有一篇课文叫作《爬山虎的脚》,整整一个晚上,优优就是背不出来。她发了狠:"我去睡了,你给我背,背不出来不要睡觉"。

这一整夜,她没睡着,优优也没睡。天亮的时候,眼泪挂在脸上,课文还是没背出来。

抛下优优自己去睡不是她狠心,而是她不睡,小儿子安安就不肯睡。那会安安只有三四岁,特别胆小黏人,不管白天黑夜,一离开妈妈,就会"哇"的哭起来。

也不怪孩子胆小,他们住的地方,是村里几间小破楼房间中的一间。她家是无房户,丈夫意外离世后,村里照顾孤儿寡母,便安排他们免费住在这里。这是当时拆迁后留下来的,离大家住的地方都远,还有几间空着,常有人高马大的流浪汉借宿,碰到她就盯着她看,她怕。还有老鼠窜来窜去打架,她也怕。但怕有什么用呢?她只能装成什么都不怕的样子,吼孩子的声音也响了几分。

阿腾说到安安的时候,安安又哭了,阿腾才意识到自己说得太多了。心理咨询师、罗红媛和韩艺一点都没表现出不耐烦,还带着安安出去,和村里的小朋友做游戏。后来她们又来了几次,安安很喜欢她们来,因为每次都有礼物,每次做游戏他都是那个带头的人,沉浸在游戏中的时候,他没有像以前那样黏着妈妈了。

优优有时也在,韩艺问她想不想爸爸,她头一甩:"不想,死都死了。"

阿腾觉得自己的心在油里煎,明明丈夫生前对女儿是很好的。当时她想生二胎,他还不让,说有女儿已经很好了。后来有了安安,丈夫想让两个孩子过得更好点,才去江苏养蟹,把老本都投进去了,第一年亏了20多万。

这么困难的时候,逢年过节还省吃俭用给妻子买衣服、化妆品,还想着给岳母买一份失地农民养老保险,"这样她老了安心,我们也安心"。

意外来得太突然,一个冬夜蟹塘下面漏水了,开始谁也没当回事,他套上外套笑眯眯地说了句"我去看下,碗等我回来洗"就出去了,她说她来洗,洗完来帮忙。没想到碗还没洗完,人就被冲走了。

就像做梦一样,之后很多年,她一闭上眼睛满脑子就是他离开时的场景。人人都劝她"为了两个孩子要坚强",安安刚满周岁,优优才上小学,她不能反反复复地哭诉,人总得往前走。村里给他们安排了住处,落实了低保,两个孩子还有困境儿童补助,她一边打零工一边照顾他们,日子勉强可以过下去。很多人来探望他们,带着各种礼物,临走的时候都会摸摸优优的头:"妈妈很不容易,你要懂事。""你是姐姐,要懂事。"

可是优优就是不懂事。阿腾什么都不让她做,只希望她好好读书,成绩不好也没关系,至少把老师布置的作业完成了。后来,她一看到老师在群里的消息就开始焦虑,优优又没有完成,她说她,一句有十句等着,再说,就干脆不响了,说十句她也不吭一声。

她带女儿去看心理医生,医生说孩子有轻微多动症,但不严重,叫她不要急,放平心态慢慢引导,家长心态好了,孩子心态才会好。阿腾觉得她说得很对,可如果你遇到这样的变故,再摊上这样一个娃,心态会好才怪。

她觉得自己走进了一个狭长黑暗的胡同,前头有一点光亮忽隐忽现。她已经走得筋疲力尽,可怎么也走不到头……

她倾诉的时候,罗红媛和林新梅一直在听。阿腾觉得很欣慰,从来没有人这么有兴趣地听她倾诉过。她们还鼓励她说仔细一些,多说说丈夫,说他们的相识与相守,说他的能干和体贴,说那场意外,说意外之后的绝望与无助……事情已经过去了很多年,她以为眼泪已经流干了,后来林老师说了一句:"其实那时你还没有做好准备去面对这两个孩子……"她愣了一下，然后号啕大哭。

是的，她没有做好准备。她只知道自己不能倒下，总是努力扮演一个坚强的母亲的角色，却在不知不觉间将内心的压力转移到了儿女身上。

她拼命工作，处处省钱，不给自己买任何新衣服，不让孩子插手家务，她有苦没处说，亲人和朋友会同情，但无法理解，她在潜意识里把痛苦通过对孩子的不满表达出来——

"我都这么辛苦了你为什么还不争气？"

孩子对母亲有很多的愤怒和不满，但无法表达，无意识中用学习不好、各种对抗来表达对母亲的种种愤怒。

"我不知道她心里积压了那么多的痛苦……"阿腾一边哭一边给林新梅看她给女儿收拾房间时发现的纸条——

"眼泪没用，那它为什么还在世界上？"

"请不要给我关爱，那会让我觉得，我又欠了许多债，我还不起……"

"没事，反正又不是第一次是亲戚中最低的。"

"我哭了，妈妈怒气冲冲地说，要哭到你爸坟头上去哭。谁知道，小学高年级，我已经学会了忍哭，从喉咙疼痛到面无表情。"

"明明害怕寂寞，又不想让房间有第二个人……"

罗红媛给出了建议：暂时让优优住校。"一般我不建议初中生住校，但你们现在这个状况，应该腾出一个空间来，给彼此一个喘息的机会。你已经认识到了问题，但不要总逼自己改变，这得有个过程，慢慢来。"

经过项目组的争取，学校同意让优优住校，在食宿费上也进行了减免。优优周末再回来的时候，母女关系缓和多了。

罗红媛还鼓励阿腾多满足优优物质上的一些愿望，比如去吃一顿牛排，去爸妈当年认识的地方故地重游一次，不要老是盯着学习，不要老是强调家里的经济状况。"成绩不好，条件不好，都不是不好好享受生活的理由。"

当然,优优的"微"心愿,经过征集以后,都由爱心人士买单了。

阿腾也说不清楚,改变是什么时候开始的。吵吵闹闹依然在继续,但不像以前那样伤筋动骨了,优优回到家,认真做作业的时候渐渐多了。老师也说,优优这段时间好像想明白了,学习越来越上心了。

她还主动和妈妈分享了自己的计划:"明年要中考了,妈妈,我会非常努力争取考上普高。但是如果只能考上职高也没关系,我会努力学一门技术。总之,我现在有方向了,我会努力的。"

阿腾热泪盈眶。

罗红媛也很欣慰。她不敢说是自己的努力起了作用,还是孩子自己改变了,但她相信,孩子以后都会上进的。

◎ 那些最普通、最基层的年轻人

"你说优优一直保持着这样的学习劲头,将来能考上大学吗?"

私下里,韩艺也和陈海英讨论过这个问题。寒门学子金榜题名是大家都希望看到的结果。在很多逆袭故事里,奋发图强的苦孩子会一路过关斩将冲上名校。但她们心里都清楚,无论名校的光环如何吸引人,都不能否认,在当下的教育背景中,多数的年轻人都很难挤上那座独木桥。尤其是优优那样的孩子,需要花费较同龄人多数倍的努力和付出才能继续完成学业。他们拼尽全力考上的,很可能只是一所职高或大专。

那考上了以后呢?之前金榜题名是唯一的目标,现在奋斗的方向又在哪儿呢?

有助学贷款,有爱心捐助,他们不再会因为没钱而完不成学业,但会因为学历没有优势而陷入迷茫。在进入职场前，如果缺乏适切的引导，他们往往只能找到较低收入的工作，找不到方向，看不到未来。

"其实他们的职场优势不在于学历，而在于艰苦卓绝的成长过程中所培养出来的勤奋与毅力。只是他们从小自卑惯了，不知道这是多么宝贵的品质。我们要从这方面去引导，让他们找到自信和奋斗的方向。"

在一次慈善项目的路演中，"理想"助学的陈述让陈海英觉得很有道理。陈述者吴微微是这个慈善项目的主理人。而这个项目的创始人和发起人戎总则是一位在大陆投资实业的台商。

项目开始那几年，戎总不大管企业，很多精力都投放在"理想"中。

陈海英很佩服戎总："大多数人助学，会优先选择一个成绩优秀，考上本科，特别是名校的孩子。你把重点放在职高和大专上，真的很有眼光。"

"海英啊，这么些年我做企业，越做越大，你知道我最感谢谁吗？"戎总笑道，"我最感谢那些产业工人。每每走到车间里，看到这些非亲非故的工人，看着他们埋着头手脚不停的样子，我就充满感激。我现在所得的财富，并不是因为我有多少聪明才智，只不过我赶上了时代的红利、政策的红利。而实际为企业带来贡献的他们，吃的苦却比我们多得多。我常常看到他们中的一些人为了很小的事情大打出手，有一些人因为一开始从事基础的工作就渐渐磨掉对未来的信心，更有一些人为了很小的利益没有坚持下来而错失更好的机会。他们应该有更好的发展。他们好了，企业才会好，整个社会才会好。"

戎总看得清楚，尽管在高校的金字塔中，他们身处的学校并不起眼。他们不属于社会标准意义上的"好学生"，但可能是家族的第一个大学生，是寂寥村庄的最亮光芒和希望。尽管这些年轻人的奋斗夹杂了无数心酸，但他们蓬勃的生命力，他们的努力、认真和韧性，他们蕴含的巨大力量，足以迸发出各种可能。

而这些最普通的年轻人,又是社会中最广泛的一个群体,职高和大专院校及以下学子,代表着中国人数最多、最基础的生产力群体。他们的信念、理想、精神状态,他们的生存空间、命运前景,社会给他们提供的机遇和条件,以及他们实现人生愿望的可能性,影响着中国的底色,关系着我们国民素质和国家生产力的提高,也是决定一代人命运的关键。

所以要帮助他们,因为无数个体的努力,会悄悄改变群体的命运,并推进社会更为稳固地站立。

◎ 大专生的职场优势

从 2010 年项目运行至今,"理想"已与宁波、广州、齐齐哈尔、毕节四地共七所职业高中和大专院校展开过合作。每一年,学校都会从新生中里挑出困境生和"理想"对接。每位学子项目都会安排一名结对义工进行一对一辅导,每年至少进行两次面对面交流,包括学习与生活上的答疑解惑、职业规划的展示分析、临近实习的面试模拟,以及师兄师姐的就业分享等,让大家互通有无,资源共享。

这些孩子和"理想"的联系,从一场聊天开始。

"我们不是面试,就是聊一聊,认识一下。"

吴微微总是强调一点,"'理想'选择你们是因为你们能从这么艰苦卓绝的环境中一步步走到这里,这真的非常不容易,任何困难都没有阻止你们向上、变好,你们是最有希望、最有可能实现'理想'的孩子。"

她鼓励大家说说自己的经历,"命运没有打倒你,你已经战胜了它,讲讲这一仗是怎么打下来的吧!"

开始都是你看看我,我看看你,但只要有一个人开了头,大家就都放开了。

有人三言两句带过所有辛酸:"我小时候住的最多的就是各个地方的救助站,我爸老带我去上访,后来他可能觉得带着我不好,就把我放在一个屠宰场,我五六点就得起来帮忙杀鸡杀鸭,然后去上学。屠宰场老板对我不好,还冤枉我偷钱,我讨厌他,但要是没有他,我可能还在到处流浪。"

有人说起来滔滔不绝:"我9岁才上学,我一直不知道自己为什么比别人都大,后来知道了,因为穷。那时候的学费是380元一年。村主任给我担保,就可以分期付。好不容易上了一年级,但只上了一学期,又辍学了。因为家里的牛死了,没有牛,我们家只能等别人耕种完了,再借牛来耕种,时间上明显落后,庄稼的长势也会落后,所以家里更加困难了。又过了一年,又有个老师来给我担保,让我回去读书。我真高兴坏了,因为校长说我聪明,让我直接读二年级,班主任还说,只要我考全班第一,就给我免学费。我当时当真了,就拼命念拼命念,真考了第一名,但是第二个学期去报到的时候,班主任已经退休了,学费也没有免。那些年,我的学费就没有准时交齐过,每次看到别人新学期拿着完整的新书回来,我只有羡慕的份,因为我没交全学费,只能拿一部分书。我一直生活在欠学费的担忧里,直到上初中。我遇到了一个很好的班主任,他一直照顾我。我记得当时学校的厕所旁边有盏路灯,每天晚自习要上到10点多,同学们下了晚自习后就回去洗漱休息了,而我还在那盏路灯下学习到12点多,直到被老师赶走。老师跟我说,学习也要注意休息,那样才有效率。我周一到周五在学校寄宿,周末为了凑学费,就上山采摘草药,凌晨5点多骑着自行车到县城去卖。单程需要两个多小时,到县城市场的时候刚好有很多人出来买菜,我的草药就有人买了。初中毕业后我进厂打暑期工,那时候我真正见识到了所谓的流水线,人人都像流水线上面目模糊、不能说话的雕塑,只有双手化成机器的一部分,机械地重复,上个厕所也得请假跑着去,一干就是12个小时,晚上

7点到早上7点,太可怕了。我想,以后一定不能干这个,所以高中更加拼命地念,但我高考没发挥好,只能上民办本科,我上不起,就选了这里。暑假我又去打工,被黑中介骗了,没赚到什么钱,到学校的时候手头只剩下500元,根本交不了学费。我是真没办法了,但是我不甘心,就想着来问一问没钱能不能上学,如果不能,那就算了。但我运气不错,学校开通了绿色通道,让我先来读着,再勤工俭学,办助学贷款,一点点还,我就这样进来了,现在想想,就像在做梦一样……"

也有一些孩子选择沉默,"理想"也不会强求,反正他们还有很长的时间去接触和了解。

每一个接受帮助的孩子,每月可以领到500元补助。一般每周一上交一份周报,这是一份设计详细的表格,需要学生总结每周学习、生活、情感上遇到的一些情况和问题,沟通解决方案和心得,社工也会即时回复。

要完成一张表,就得思考。而思考是一件很累的事,有人觉得是负担,从网上抄一段,或者这一次照抄前一次的。"理想"发现,指出来,他们觉得不可思议:"原来,你们真的有在看?"

当每一份表格都能得到认真对待,他们也就变得认真了。

第二个学期见面,就要做职业规划了。

这也是很多孩子不愿面对的一件事。他们没有太多野心,也从未将自己归入精英的行列。从进入校门开始,还没来得及感受高中老师曾描绘的美妙大学时光,就被辅导员告知就业的压力,他们也知道师哥师姐们毕业时,更多人拿到的只是一份"劳务派遣"工作。

他们安于普通的命运,接纳普通的工作,横竖就是打工,在哪儿打都一样,有什么好想的呢?

"我要当广东省委副书记。"有个男孩说。

吴微微不知道他是戏谑还是真这么想:"为什么?"

"因为可以改善很多人的命运。"

"那为什么不是省委书记?"

"因为一把手责任太大。"

戎总笑眯眯地听,他说,"很好,有志气,我支持你!"但接下来他循循善诱:"你知道怎么样才可以成省部级领导吗?一般都需要从基层公务员做起,那么这几年你就需要准备起来。考公务员是有门槛的,你需要提升你的学历,当然,这还只是第一步。接下来,你会面对很多很多的选择和考验。你也许一辈子都在基层,天天处理鸡毛蒜皮的小事。你不要觉得这些事情没有意义,因为你在给大多数人解决难题,世事洞明、人情练达就是在这些琐事中锻炼出来的。也许你会一步一步往上走,你会遇到很多诱惑,是不是还能一如既往保持初心……"

"我一直觉得自己就这样了,一个不怎么样的学校,一个不喜欢的专业。所以我随便说了一个根本实现不了的梦想,没想到戎总那么重视,他告诉我,人生是一件件实事排出的路程……"男孩给社工写信,"我想也许我该去做一些实事,而不是混日子。"

男孩子退学了,第二年,重新参加高考,还是专科,但这一回是他喜欢的历史专业。接下来他又通过专升本上了本科。

9岁上小学的男孩叫阿金,他的专业就是社工。当初他选这个专业只是因为分数合适,但因为"理想",他准备认认真真地去做一名社工,帮助更多的人。"但是专科学历是不是一般单位都不会要?"

"规矩是给一般人定的,但你要相信,自己不是一般人啊。"

这句话让他的心里一动,他写在了周报里。"我想做那个不一般的人。"

他去专升本的地方咨询,找那里的老师拿了一张传单,一看,每年学费5000多元,心凉了,这么贵他负担不起。

这件事他写到了周报里,他十分沮丧,"原来专升本也是有门槛的。"

"谁说提升学历一定要报班上课?"吴微微告诉他,"你完全可以自学,然后去考试。"

他如醍醐灌顶,向师兄师姐咨询,果然有不用缴费上课的自学考试形式,只是相对难一些。因为没有上课,没有老师可以给你划重点,没有人跟你讲解知识,报名也是自己来,考试也需要自己注意官网信息通知,学习需要靠自己。但考试一个科目就几十块钱,每次可以报考4门科目,共有16门课,考4次就可以。

"我当时欣喜若狂,我可以的,只要能学到知识,提升自己的学历,少交钱,无论多难我都可以。"

吴微微也很感慨,有的时候,限制寒门学子往前走一步的,往往不是贫穷,而是贫穷带来的一种想当然,自己给自己设了门槛。而"理想"就是斩钉截铁地告诉他们,"你完全就是可以自己跨过去的那个人。"

阿金用一年多的时间通过了所有的自考专升本科目考试,而且每次考试都是一次性通过。他在大学毕业一年后拿到了本科毕业证,第二年拿了学士学位证书。而在大学期间,他还当上了学生会主席,获得了国家奖学金和国家励志奖学金,还被评为"优秀毕业生"。此外,他一边在学校勤工俭学,一边到外面兼职发传单,从第三年开始,他就没有再要"理想"的资助,但一直与"理想"保持联系。

毕业后他真的成为一个社会组织的社工,并且管理社工站。他还成了家,娶了小一届的师妹,师妹也是"理想"学子,与他志同道合。

用数年积蓄给家里修好了房子后他开始考研,总共考了两次,第一次过了国家线几分,但没考到目标学校,因为英语太差。他便利用上下班坐地铁的时间学习英语。他给自己定的任务是每天背一百个单词,一遍遍地背诵和熟悉。第二次,也就是2021年12月底初试,他的英语有了很大的进步,他以379分考上了心仪的学校。

就在这时,他的孩子诞生了。

双喜临门,但此时"双喜"也意味着他要有所取舍。吴微微祝贺他之后,劝他:"家庭和事业同样重要,你自己要想清楚。"

吴微微不知道这个小家庭经历过怎样的纠结,但她很快收到了阿金妻子的微信留言——

"他33岁了,近两年工作也不是那么顺利,按现在的学历和行业情况,如果不提升,这辈子大概就这样了。他肯定不想这样下去的,提升学历才会有更多的可能和选择。非全也不是不可以,但是全日制的学习效果肯定比非全好,而且有些单位不认可非全。

"他专科出身,理论和研究方面肯定拼不过别人,拿得出手的就只有经验,他要往上爬,全日制是更好的选择。奋斗到了瓶颈,暂时停下来或许更有利于以后的发展。脱产三年,我们生活压力大不大?答案是肯定的!但是以前那么穷苦都熬过来了,现在最起码基本的生活是没有问题的,再辛苦三年,争取更多的选择和可能,也许结果不一定如人意,但是也是为自己努力拼过了。

"至于我自己带着孩子,按目前我觉得是可以承受的,但以后估计会有崩溃、无助的时候。如果我以后哭着来找你,微姐可不要嫌弃我呀!"

吴微微看着这条长长的微信无比感慨,这就是这些孩子的优势——经历磨难和挫折之后形成的坚强、永不言败的品质。这些优势终于成为他们成长道路上的助力,帮他们越走越远。

这十多年里,"理想"累计帮扶近400人,直接捐助资金达423万元。比这更重要的,是他们都找到了自己的方向,理想变得越来越清晰。

◎ "物质 + 服务"

除了助医、助学,其他领域也发生了很多零碎而温暖的变化。

海曙区章水镇樟村,77岁的崔老伯终于可以舒舒服服地洗上一个热水澡了。他无儿无女,主要依靠政府发放的补助生活。屋内没有独立卫生间,上厕所要去街角的公厕,没有地方洗澡,十多年了,只能靠擦一擦。他老觉得自己身上有一股味儿,看到社工上门都不好意思。社工心知肚明,这就是"老人味",混杂了尿味、汗味和各种无法代谢掉的味道。老人身体代谢变差,无法正常排汗,味道从毛孔里渗出;消化道消化不了的食物,也会有味……后来社工给她申请了海曙区"温暖曙光"困难家庭家居环境改造项目,砌了墙,安装了坐便器、热水器、扶手,搭了彩钢板作隔断。莲蓬头里的热水哗哗地流出来时,老人的眼泪也流了出来。

江北洪塘,六年级的少女小珊终于有了自己的房间。之前他们一家四口挤在一个又小又破旧的出租屋里,屋内处处是潮湿发霉的痕迹,地板因为虫蛀松松垮垮,轻易就能抠出一块。老砖墙年久失修,四处漏风。屋内摆着两张床,小珊和妹妹一张,爸爸和弟弟一张。室内杂物成堆,没有固定的桌椅,过去六年,小珊一直坐在床上,弓着背在矮桌上写作业。而矮桌只有一张,她必须和弟弟错开时间写作业。社工为这个没有妈妈的家庭申请了"爱在江北"系列项目,在原先的居住空间里,义工为孩子们隔出了一间厨房和两间卧室。其中,老田和二儿子住一间,小珊和正在读幼儿园的小妹住另外一间。两个女孩终于有了个相对独立的空间,姐妹俩可以说悄悄话了。

海曙区横街镇云洲村与凤凰村,离市区有一个小时的车程,这里住着300多位高山留守老人。每隔一段时间,慈善义工联合宁波市康复医院、万科物业的义工会来到这里,与老人拉家常,为他们磨刀、理发、量血压、测血糖……"高山守望"高山留守老人社工服务项目是市民政局2021年市级社会组织发展专项资金资助项目。通过该项目的开展，相关单位组织助老服务团队与社工至少为300户老人开展需求调研和社工个案服务，缓解他们的照护与就医困难等问题；同时逐步建立起对老人的照顾援助机制，帮助有需求的老人与其子女建立沟通渠道，引导子女积极承担对老人的赡养义务。

海曙区迎凤社区，这个老小区原来基础设施差、环境卫生糟，有些角落甚至杂草丛生，有的地方长期堆放大件垃圾，停放车辆，成了卫生死角，多次整治但收效甚微。小区在街道党工委的支持下，申请了"美好家园"慈善项目。通过居民转发和捐步的方式，累计捐步一亿零六千余步。该项目于2021年10月18日被成功立项，最终获得20万元资助经费。党员群众热情参与，从布局设计到荒地开垦，从花架搭放到花木采购，短短一个月，100多平方米的荒地摇身一变成了社区绿意盎然、花团锦簇的快鹿公园……

这些变化都起源于"物质+服务"的创新救助形式。

近十年，宁波困难群众的物质类救助水平不断提升，各项救助保障标准逐年提高，他们的基本生活得到有效保障。与此同时，困难群众对服务类救助的需求日益增长，为了给予救助对象多元化救助服务，各区（县、市）都在创新救助形式，撬动了广泛的社会资源，汇聚起慈善组织、爱心企业、专业社工机构、志愿服务组织等众多力量，打造由政府牵头、慈善机构助力、社会组织补充、品牌项目为抓手的全方位立体式救助体制，让困难群众有了更多、更直接、更实在的获得感和幸福感。其中海曙区的"物质+服务"社会救助改革创新于2021年入选全国社会救助改革创新试点。

◎ "爱心之城"从不让人失望

2022年9月19日,一位林老先生向宁波市慈善总会捐款100万元,主要用于助学项目。

80多岁的林老先生,是一名退休教师,在任教期间看到家境困难的学生,他会尽自己所能去帮助他们。林老平日里穿衣服很朴素,一日三餐及生活用具都十分简朴,即便是这年夏天出现了罕见高温,他都舍不得安装空调,想省下钱帮助需要帮助的人。就这样,他一点一滴攒下100万元爱心巨款,捐到宁波市慈善总会。

当一个耄耋老人一笔一画地填写大额存单,别人看到的,是"爱心之城"的又一个爱心故事,而对陈海英他们来说,又是一份沉甸甸的责任。

他们正在努力从传统慈善走向现代慈善。以前,一分善款要尽足一分钱的作用;现在,每一分钱都能发挥更大的作用。

从罗南英那"甬泉""焕然医新",从"万人助学"到"童"舟共济、"理想",再到多点开花的"物质+服务"项目,这十多年社会救助的点滴改进,越来越多社会组织和专业志愿者的进入,让很多人对慈善有了新的思考。

慈善到底是什么呢?以前很多人觉得就是收钱,然后分钱。总有很多爱心人士、爱心企业捐钱,像"顺其自然"那样,也总有很多人排着队等待救助,看谁困难就给一点儿。但困难的人有很多,光靠大家的爱心捐款没有办法帮到所有的人。真正解决问题的,是公共政策的改变,就像很多人看不起病,要帮助他们靠的不是更多的人捐款,而是医疗保障体系的逐渐健全。

但公共政策改变不是一蹴而就的事,这是一个牵一发而动全身的庞杂体系,所有的决策都需要千头万绪的考量,还需要时间的检验。

所以说,一些民生问题的解决,光靠政府是不够的,光靠企业是不行的,光靠慈善组织那更是远远不够的。

但是如果跳出来看,慈善组织有一种政府和企业都没有的抗风险能力。善款本来就是捐赠的,捐的人一般不会考虑到回报预期,所以它可以承担企业承担不了的风险。而政府花的是纳税人的钱,每一笔都要慎重,都要深思熟虑,所以很多地方不方便花钱,但慈善组织可以。它们的意义是可以在企业不敢冒险、政府不方便花钱的地方建立新的机制,用一点小钱去尝试一种新的模式,从而起到催化整个体系的作用。

这几年,慈善正从单一的资金捐赠走向更专业、更精准的服务供给。

与此对应的,民政救助也在不断创新,从单纯的"经济保障",走向"经济保障"与"服务保障"相结合的社会救助驱动机制,汇聚政府部门、慈善组织、爱心企业、专业社工机构等众多力量,通过数字化手段,匹配困难群众"需求清单"和政府、社会"服务清单"。

在这个过程中,越来越多的志愿者、爱心企业、专业社会组织加入进来,提供自己的一份力量。

为了更好地整合这些力量,2021年6月,宁波市雅戈尔·甬尚慈善(社工)服务中心正式启用。这是全省首个"慈善+社工"的慈善服务平台,由宁波市慈善总会发起,宁波市民政局作为业务主管单位,雅戈尔集团给予运营支持。它其实就是一个平台,汇聚了广泛的社会资源,整合了更多社会服务团队,用于满足受助对象、群体日渐多样化、细致化的救助需求,同时为慈善组织和企业提供项目策划和慈善品牌塑造等服务。

当然,这也仅仅是一个起步,更多专业、高效的模式还在探索之中。

但"爱心之城"从来不会让人失望,越来越多的困难群体会有更多的底气,对抗现实的残酷,收获稳稳的幸福。